KB269525

가상현실

가상현실

김영무 시집

문학동네

自序

어느 날 갑자기 어두운 숲가에 버려진 자신을 발견한다. 그런데 참 희한하다. 숲은 환한 빛의 고장이다. 미래라는 어둠이 걷혀버린 곳. 꿈과 현실, 낮과 밤, 물과 뭍, 안과 밖, 삶과 죽음이 아무런 경계도 없이 무시로 넘나든다. 갑자기 평면으로 변해버린 세상, 아무 데도 숨을 곳이 없는 당혹스러운 나날이 계속되고 있다. 연륜도 연민도 퇴출되고 오직 경쟁력 하나로 환하게 불밝혀진 나라, 허파에서 밥통으로 간장에서 창자로 모든 칸막이를 허물면서 전이(轉移)가 자유로운 이 나라에서는, 숨을 곳이 없으니, 침대에서건 흙바닥에서건 아무 데서나 잠들 수 있어야 한다. 웬만하면 익숙해지기도 하련만, 오염환경에 적응 못 하는 산천어같이, 시간이 지날수록 새록새록 숨이 가빠지는 약자들이 내버려지는 이 환한 숲,

백색의 공포 너머 어디엔가 있을 것만 같은 밤과 낮이
뚜렷한 고향 같은 숲을 향해 오늘을 또 헤맨다. 남성인
내가 어떤 때는 가브리엘 천사의 문안을 받은 마리아
같기도 하고, 어떤 때는 하느님이 숫처녀처럼 다가와서
가슴을 설레게 하는 기묘한 느낌을 더러 갖게 되어 신
비로울 때도 있다.

어려운 시절에 선뜻 시집 출간을 허락한 문학동네와
해설을 써준 김승희 시인에게 감사한다. 어느새 세번째인
이 시집을 나의 사랑하는 정이, 보람, 다움에게 바친다.

2001년 사순절에

김영무

차례

自序

1부

수술

1

벌거벗은 몸 환자복에 담겨
새벽 6시 45분에 입원실을 떠난다
누운 채 하얀 관 같은 승강기 속으로 떠밀려
지하로 떨어진 뒤, 이마 위로 빠르게 스치는
천장의 형광등 불빛 따라 긴 복도 꺾이고
또 꺾이고 이윽고 도착한 냉동실 비슷한 곳,
참 먼 곳 수술실은 싸늘하다.
수술대로 옮겨 뉘어지고, 이내 내 영혼은
낯선 길을 떠난다.

2

여기가 어디인가

가만히 내려다보니
누구네 집 마당에 잔치가 한창인데

푸른 옷에 푸른 마스크 쓴 사람들
수군대는 소리
술이 떨어졌다는 얘기가 들리고

은백색 형광 햇빛 떨어지는
인적 없는 뒷마당에는
물동이 여섯 개쯤 놓여 있다

아득히 먼 나라에 혼자 와서
뒤뜰의 고요에 더럭 겁이 날 때
어디선가 두런대는 목소리

애야, 이 집에 포도주가 떨어졌다
여인이여, 나와는 상관없는 일입니다

갈비뼈 빗장 열고 핏빛 대문으로 들어온
푸른 마스크 푸른 옷 입은 사람들이
바쁘게 오가며
물항아리에 물을 채운다

3

고통은 그 자체가 하나의 발광체, 찬란해라,
모르핀으로도 잠들지 않는 그 별빛 따라
갈 때와는 다른 길로 병실에 돌아온다
여덟 시간 만의 귀환, 귀향은 늘 새로운 아픔인데
그 항아리 물들 포도주로 변했을까

똥님 오줌님 방귀님

드디어 초저녁에
터질 듯하던 오줌보에서 장대비 쏟아냈습니다
마취에서 깨어난 지 사흘째 되는 날
무덤을 막았던 돌 굴려내듯
한밤중에는 똥도 누었는데―

게릴라성 폭우로 지리산 계곡에서
야영객 서른 명 실종되었다는
TV 뉴스가 나옵니다
삶과 죽음의 갈림길에
병든 잎 성한 잎 여기저기
까닭 없이 떨어지고
무거운 두레박으로 수액을 끌어올리는 고목처럼
저는 가래를 끌어내려고
몇 번이고, 몇 번이고, 기침을 하다가
찢어지는 옆구리 통증과
피 섞인 가래 한 덩이를 맞바꾸었습니다
아내는 옥동자라도 얻은 듯 눈물을 흘렸답니다

이제 침대 위에 하얀 시트 개어놓고

잠적해도 될 것 같습니다
세상의 모든 병마 없애버린 그 다음날로
성불의 날 미루어두신
약사여래(藥師如來)님
모든 병실에서 환자들 일제히 사라진다면
새벽에 의사들과 간호사들 달려와
빈방들 보고
가슴 마구 뛸까요
(백수들 되었으니?)
똥님 오줌님 방귀님 모두 거두어
유리처럼 맑고 깨끗한 정유리(淨琉璃) 세계 이룩하시는
약사유리광여래님

수술 이후

허파 한쪽 잘라낸 후

추수 끝난 논바닥에 괸 물 속

붕어처럼

모로 누워서 흘끗

석양 비낀 하늘 한쪽 곁눈질한다

구름장 시꺼멀수록

　　　　저녁놀은 어기여차 더욱 붉더라

아픈 장미
—Blake 풍으로

폭풍의 밤에 길 잃은
벌레 한 마리
오두막 불빛 보고, 아—
네 품속 파고들었다

진홍빛 침대에 누워
한 밤 푹 자고 가게
창문은 열어두렴
겁내지 마라
곧 동이 튼다, 장미야

붉은 초승달

왼쪽 옆구리 한번 열렸다 닫힌 뒤
등판 가로질러 갈비뼈 사이 낫날만한
　　　　초승달 붉게 걸렸네

풀벌레 울음 무성한 언덕 너머
하늘가 어느 저녁놀 불가마에
　　　　연기 피어오른 뒤

물결 따라 맑게 씻겨 흘러간 달가루들,
어디서 모여 잔잔한 밤강물에 은빛
　　　　보름달 뜰까

회복 예감

빰 간질여주고
팔뚝 깨물어주고 싶은
포동포동
아기비 내리네

봄햇살 엮어 유록색 발을 내린
수양버들 사이로
볼기짝 살짝 때려주고 싶은
옹알옹알
아기비 내리네

불치병 선고받고 겨울 난 뒤
봄비 내리는 날

말

좌폐하엽에삼센티짜리종양있고종격동을열고내시경으로들
어가니임파선에도번졌습니다아데노카르시노마라고하는데말
기입니다방사선치료도육주간받으십시오몇개월내로다시들어
올각오를하셔야합니다. 전문용어로 한두 군데 날이 빠진 비
수가 되어 아내의 등에 꽂힌 집도의의 절망의 말 전해듣고도,

기다리던 방귀와 오줌과 똥이 나오니
한결 살 것 같아 혼자 멋쩍게 누워 있는데
따르릉 따르릉 벨이 울렸다.
여보세요
야, 너 영무니, 이 씨발놈아, 나 구병이다
너 여기 내려와 지내라

변산공동체에서 농사짓기에 바쁜 친구 윤구병의 전화였다.
며칠 뒤 그는 변산 인근 산야에서 채취한
100여 가지 약초를 발효시켜 만든
백초효소 두 병을 들고 다녀갔다.
야, 이 씨발놈아! 소리로 정수박이에
찬물 한 바가지 쫙 뒤집어쓴 뒤로는
어떤 죽음의 말도 두렵지 않아,

방사선 치료고 뭐고 다 집어치우고
내발산동 구한서 선생이 붙여주는 자석으로
몸 추스른 지 육 개월이 된 지금도,
야, 이 씨발놈아 소리에 벌떡벌떡 힘을 얻는다

억장 무너지는 소식 듣고,
이렇게 장엄하게 불경스런 말로
문병 인사한 사람, 유사 이래 네가 처음이고 그런
감격스런 인사 받은 사람, 내가 처음일 거다, 구병아,
이런 최상급의 말로 병문안 받을 사람
내 이웃에 더이상 없기만을 바랄 뿐이다

한국시사(詩史)에 가장 눈부신 어떤 생명의 말도 못 당한다
불가마에 아흔아홉 번 단련한 금결의 말
야, 이 씨발놈아,
쇠붙이로 더럽혀진 몸을 빨래질하는 억센 말,
너의 놋주발 목소리 들은 뒤로는
내 몸은 새벽마다 새롭게 닦여 빛을 발하며
벌떡 벌떡 힘이 솟는다
씹할 놈이라니!

이 얼마나 영광스럽고, 살(肉)맛나는 말이냐

회복기의 노래
—겨울 먼동

새야 새야
까만 새야
빨간 부리 숯덩이야
해 안 뜬다 울지 마라

새벽녘에 바람 일어
네 입술에 불붙으면
품속의 까만 알들
불씨 물고 깨어나서
새벽숲에 불지른다

새야 새야
까만 새야
엊저녁에 노을 쪼아
부리 붉은 까만새야

게쎄마니에서

절벽 아래로 하염없이 곤두박질치고 있는데
　어디선지 날개 소리 들리면서
　　누군가의 손길이 왼쪽 겨드랑이 아래
　수술한 상처자국을 어루만지길래
고개를 돌려보니, 날개를 단 아주 작은 무엇인가가
　　내 몸의 속도에 맞추어 날면서
　　　상처 주위를 맴도는 것이었는데

이 작은 것의 얼굴을 들여다보니
　아기천사들 같기도 하고, 무슨 새
　　같기도 하고, 꼬마악마 같기도 해서
　의아해하는 중에 땅바닥에 나뒹굴며 깨달으니
낙하산을 타고 내린 듯 아무런 충격도 없었다
　　사방을 둘러보니 꽃이 만발한 과수원,
　　　향기로운 바람은 머리칼을

스치고, 나뭇가지 사이로 새벽인지 황혼녘인지
　하늘은 노을빛으로 물들었고 작은 새
　　같은 것들 수십 마리 나무 속으로
꽃 속으로 스며들어, 꽃들의 만발한

노래일까 새들의 흐느낌일까 나무 전체가 노래였다
    황홀한 통곡나무들, 나는 두 손을
      가슴에 모으고 어느 풋봄의 흙 속 깊이

묻혀 있었고 가만히 보니 나의 염통에서도
    노래꽃나무 한 그루 솟아나와 뿌리들이
      허파로 밥통으로 간으로 콩팥으로
    창자 속으로 구석구석 뻗어
양분을 퍼올리고 지저귀는 꽃잎들은 바람에
      흩날리고 있었다
          낳고 죽음이 함께 어울려 있는 것이
        진짜 삶이지, 가냘픈 통곡 사이로 언뜻언뜻
          아기천사의 설득 같기도 하고

꼬마악마의 웃음소리 같기도 한 것
    죽음은 생명의 원수야, 아니야 죽음이
      없으면 탄생도 없어, 저기 벌레 먹은 꽃잎,
    시든 꽃잎들 보이지, 너는 어떡할래
이런 새들의 지저귐 엿듣다가 펄떡
    깨어나 겨드랑이 아래 상처를

다시 만져보았다 분홍빛 새살이
돋고 있었고 하늘색 꽃송이들

흩날려 떨어지는 것 하염없이 바라보며 한순간 나도 몰래
빙그레 미소를 지으며 나는 현대의학의 배교자가 되기로
결심한다. 방사선이 당신 성령의 뜨거운 불일지라도,
항암주사액이 검붉은 포도주일지라도, 이번만은
제 뜻대로 이 잔 거두소서
이 몸 아직은 살아 있기 원하오니

귀향

귀향을 종용하는 다정한 바람
구름들의 손짓
이제 배를 돌려야 하리

고물에 가슴 기대고
지나온 물길 되돌아본다

뱃머리 돌리지 마라
그냥 가자,
고향은 떠나기 위해 있는 곳
내친 김에 하늘 끝에 걸려 있는
물금 넘어가자

난처한 늦둥이

새벽 아득한 잠결에 누군가 얼굴을 더듬는다
　　아내의 손길이 턱수염을 만지작거리고
　　눈썹을 문질러보고 오른쪽 눈두덩 아래
　　검버섯도 쓸어본다
나는 눈을 꼭 감고 숨을 죽인다
　　　아내의 손길이 더듬는 것
　　스물다섯 해 우리들이 함께한
　　　　　이 세상 소풍 이야기일까
　　　검버섯 뒤에 피어나는
　　　심연의 적막일까
　　잠자는 척 눈감고 있다가
　실눈을 뜨고 보니
아내의 눈도 감겨 있다
아내의 손길이 더듬어 달래고 있는 것
　　싸늘한 형광불빛 아래
　　내가 여덟 시간 동안
　　발가벗겨져 뉘어졌던 사건 이래
　　　어이없게도 우리들 이불 속으로
　　　파고 들어와 새근새근 잠들어 있는
　　갓난 죽음, 아내는 이 늦둥이가

깨어나 칭얼댈까 겁이 나는 것일 게다
            아내여, 마음 졸이지 마오
        안 나오는 젖이나마 물려주고
둥기둥기 업어주다 보면
혹시 누가 아오, 그 녀석 순둥이로 자라 효도할지

그믐께

버드나무 이웃에 놔두고
고압선철탑 위에
까치집이 얹혀 있다
맵찬 겨울바람에
버드나무 가지들 부르르
온몸 떠는 초저녁

그믐달이 까치집을
기웃이 들여다본다
얼기설기 바구니 속
얼마나 추울까

곧 떠나야 할 먼 겨울 뱃길이
두려운 나는 고개 길게 빼고
슬쩍 들여다본다
백자접시 그믐달에
무엇이 담겼나

불가해한, 별무늬 그믐밤
고압전류 흐르는

아, 호기심조차 눈감아버린, 칠흑어둠

아니! 얇은 껍질 살짝 쪼개면, 흰 속살
눈부실, 가짓빛 밤의, 매혹

가상현실

암선고를 받은 순간부터
(암은 언제나 진단이 아니라 선고다)
너의 세상은 환해진다
컴퓨터 화면 위를 떠도는 창문처럼
기억들이 날아다닌다
원시의 잠재의식도 살아나서
뚜벅뚜벅 걸어오고, 저 우주에 있는 너의 미래의
별똥들이 쏟아진다
어둠은 추방되고, 명암도 무늬도 사라진,
두께도 깊이도 무게도 지워진,
노숙과 밥굶기와 편안한 잠과 따뜻한 한끼의
경계가 무너지고, 모든 칸막이가 허물어진
환하디 환한 나라
시간의 뿌리와 공간의 돌쩌귀가
뽑혀나간 너의 현실은 안과 밖 따로 없이
무한복제로 자가증식하는
아, 디지털 테크놀로지 최첨단
암세포들의 세상
지독한 오염환경에서 살아남을 수 있는
미국자리공, 황소개구리, 실지렁이, 거머리가 못 되어

시름시름 힘을 잃고 약자로 전락한 어느 순간부터
경쟁력 없는 자 솎아버리는 구조조정의
덫에 걸린 너의 삶은
순백색 빛의 나라, 가상현실

맑다가 흐린 날

구름 한 점 없더니
어느새 흐린 하늘입니다
유카리나무 밑에 잠들었던
강물이 다시 출렁입니다

흠뻑 젖은 날개 햇볕에 바싹 말려
빨래처럼 탁탁 털어 접고
가마우지 한 마리가 물 속으로
사라집니다 오랜 잠수 끝에
치켜든 그의 부리 끝에서 은빛 물고기
알몸으로 눈부시게 꿈틀댑니다

강물은 별빛 흉내내며 흐르고
바람결에 나뭇잎들은
물결 흉내내며 반짝입니다
창조 닷샛날 같은 서부호주 백조강변에
엿샛날 처음 눈 뜬 사람처럼
한 달을 살았습니다
천국낙원도 한 달이면
늙은 조강지처인가 봅니다

오래된 강물을 하염없이
들여다보다가 어린 물결들의
떠들썩한 소리 옆에 끼고 다시 발길 옮기면
저만치 붉은 댕기머리 찰랑이며 다정히
손잡고 걸어가는 삶과 죽음의
뒷모습 황홀합니다

별똥

죽음에도 울음이 터지고
탄생에도 울음이 터진다

남들을 울리며 떠나는 것이 죽음이라면
탄생은 스스로 울면서 올 뿐
삶의 끝과 시작에는 늘
눈물이 있다

캄캄한 하늘
칠흑의 어둠 가르며
별똥눈물 떨어진다
아, 갑자기 환해지는 마음

누가 죽었나

누가 태어났나

껍질 얇은 달팽이

급류무당개구리는 맨날
껍질 얇은 달팽이가 만만한 먹이 같아
냉큼 삼켰다가
맛이 영 형편없어
얼굴 찡그리고 얼른
뱉어버린다
계곡물 곤두박질치는 벼랑끝 나뭇잎에
이슬처럼 매달린 나
개구리가 목구멍 속에서 방금 게워낸
달팽이라면 엄청 좋겠다

달팽이는 세월아 네월아
오늘도 아주 느림보
맛도 별로

불꽃놀이

이 무슨 난데없는
불꽃놀이냐
이 내 몸뚱이 가운데토막에
무슨 큰 경사라도 난 모양이다
왼쪽 옆구리에서 초저녁에 폭죽 하나
눈부시게 치솟더니,
등허리를 돌아 오른쪽에서도
폭죽 치솟아 여기저기서
기어이 불꽃들 꽝꽝 터진다
연사흘 한 주일을 밤낮없이 지칠 줄도 모르고
계속되는 통증의 불꽃놀이
몸의 한복판을 찢어 열어놓은
아픔의 신천지
통증의 강고한 철권정치
아, 아픔 없는 나라에 살고 싶어라
암세포들의 완전 입성을 축하하는 잔치인가
힘줄 한 올 한 올
살점 한 점 한 점
환하게 밝히며
백골의 갈피갈피마다

시나브로 흩날려 쌓이는 송이송이 꽃불
떨어지는 불꽃 눈부시지만
새로 치솟는 불꽃 더욱 찬란하구나
하늘의 별들을 우러러
몸부림치며 기도를 올리려 하나
악문 어금니라 입술조차 열리지 않는구나
통증은 스스로 눈부신 발광체
뼈마디 마디가 참숯이 되어 내 몸뚱이
가운데토막에 잉걸불 탄다 한 달 이상 지속되는
무지막지한 이 불길 속에
무슨 바늘 같은
새 생명이라도 하나 벼려낼 수 없을까
진땀 방울 영롱히 까무러치는
아, 황홀한 불꽃놀이
진통(陣痛)이거라
진통이거라

선릉의 오색딱따구리

새천년 새해가 저물어가는
2천년 12월 28일 목요일 오후 4시 15분경
매연 가득한 서울 강남구 선릉에서 산책길에
내가 만난 너는

머리에 진홍색 빵떡모자 얹고
새하얀 배와 꼬리가 만나는 근처에도
진홍색 띠를 두르고
날개에는 흰색과 검은색 섞어 한껏 멋을 내고
나무줄기에 수직으로 붙어
숨바꼭질하듯 빙빙 돌아 올라가며
늙은 참나무 껍질을 뾰족한 부리로
톡톡톡 후벼파고 있구나

내딛던 발걸음 엉겁결에 멈추고
네 곁에 나를 세우노니
내 몸 속 갈피갈피
벌레들도 잡아주렴
봄소식 아직 아득하나
어린 떡갈잎들이

순금빛 기억으로 타오르는
메마른 가지 사이
청설모도 한 쌍 뛰어놀 것 같아라
환각이라도 좋아라

내 삶의 병든 황혼을
한순간 환하게 불밝힌 너
어서 깊은 산속으로 날아가야지
이 느닷없는 만남이야
처음이자 마지막일 줄을
내 어찌 모르랴만
공해로 찌들어 병든
바싹 마른 겨울참나무
내 몸 안에 오래오래 너의 둥지를 품어본다

마니피카트* 1

이 절망, 이 캄캄한 억지
받아들이라니
받아들이라니
암환자의 두려움이 이만할까
죽음의 선고를 받아들이라니

얼마나 겁났을까
얼마나 겁났을까
처녀의 몸으로 사생아를 낳으라니

체념으로, 오기로
불안한 기대로
될 대로 되라지(Let it be) 했더니
그 절망 모르는 사람들은 말하네
지혜로운 순명이었다고

말기 암환자의 절망이 낳은
천지개벽의 꿈으로
불러보는 노래 Magnificat
내 영혼이 내 영혼이

당신을 찬양하며 기뻐합니다

마니피카트 2

산새들은 날개 접고 같이 놀자
쫑쫑 달려오고 나비들은
더듬이 말았다 폈다 꽃 속을 드나들고
벌들 붕붕 푸른 향기에 취하는
천국의 어느 첫봄
젖과 꿀이 흐르는 앞산에 벚꽃 만발하여
병풍 둘러주고
바위 그늘에 솔잎 보료 깔아 신방 차려
온 산에 꽃잎들
숨막히게 타오르는 봄날
꽃잎 포개지듯 포개지는 꿈
부끄럼 모르고, 부끄럼 모르고
생생히 꿈꾼 죄밖에 없는데
어느새 불청객 암세포로
잠결인 듯 꿈결인 듯 소리없이 스며들어
순결한 이 몸 능욕해놓고는

끝내는 흙으로 돌아갈 몸
관습의 올가미 훨훨 벗어던지고
받아들여라, 죽어 부활할 사생아를

잉태하리라
오, 두렵고 두려운 당신의 목소리
어처구니없어라
혹은 솔바람 소리

허나 어쩌랴
이미 당신으로 병든 이 몸
망설이며
망설이며
당신 영혼의 투명한 알몸
떨리는 몸으로
받아들이오니
사생아든 영생이든 갓난 죽음이든
그대로 내게 이루어지소서
이제는 가래에 피 섞여 나와도
겁나지 않아라

마니피카트 3

늦은 밤 강가에
아무도 없습니다
나무 밑 벤치에 달빛이
가만히 내려와 앉습니다
강물 위로 달빛이
슬며시 내려와 눕습니다
누운 달빛과 앉은 달빛이
서로를 바라봅니다
강물 옆에 병든 이 몸도 누워봅니다
온몸이 물소리를 내면서
어디론가 흘러갑니다
언제 어디서나
가득가득 숨죽여
넘치시는 당신
그곳 산모퉁이 강물
일렁이거든 물결 속에
손 담가 더듬어 이 몸 만져지거들랑
당신 것으로 취하소서
영혼으로 능히 육신을
잉태시키시는 임이시여

탈옥수의 기도

나 이제 도망치리
남회귀선 아래 옛 유형지로
먼 나라 낯선 하늘 아래
땡볕 타는 붉은 사막 위에
맨발로 맨몸으로 서서
세찬 불바람 외면치 않으리

백년해로 유혹하는
항암주사의 치마꼬리 뿌리치고
감히 당신의 몸 받아 먹어
이 몸 안에 모시고
헌 살(肉)의 울타리 훌쩍
월담한 죄인
남십자성 별빛 등에 지고
탈옥의 첫 밤을 맞이하리

꼬리 치켜든 전갈자리별
방사선 눈빛 번뜩이며 추격할 때
아, 임이시여, 이 몸 업어다
강변 풀밭에 다시 뉘어 숫총각 삼아주오

눈초리

나 세상 뜨는 날

고대 이집트인의 얼굴이고 싶다

성벽에, 물병에

새겨져

확신에 찬 눈초리로

지평선 너머

영원을 응시하는

오늘의 예언자는

오늘날의 예언자는 누구인가

물이 썩었다고
쌀에 독이 들었다고 짜장면에도 라면에도 국화빵에도
유전자조작 밀가루가 스며들어 있다고
공기에 독극물이 숨어 있다고
내장재 바닥재에 환경호르몬이 잠복해 있다고
우리나라에서 유통되는 정체불명 화학물질
3만7천 종에 2억3천만 톤에 이른다고
이 가운데 유독물 유통량 해마다 100만 톤씩 늘어난다고
살충제 농약 배기가스 제초제로
우리들의 살림터 속고갱이까지 썩었다고
전자파가 어린 뇌세포 서서히 죽이고 있다고

광야에서 외치는 오늘의 선지자는
유방암, 폐암, 대장암, 혈액암, 간암 선고받은
모든 암환자들이다
일급수 아니면 살지 못하는
산천어 열목어 같은 암환자들이야말로
오늘의 이사야, 예레미아이다.

2부

퍼스, 2000년 새해

흐르는 세월에 금을 그어
새천년 새해가
밝아왔다고 난리들이다
　　적도 너머
　　　　남회귀선도
　　　　　　　한참 지나온 이곳
연일 39도를 넘나드는 폭서의 땡볕인데
북쪽 고향은
　　　　혹한의 정월

어느 정초 살얼음 낀
강변을 걷다 보니
　　　　흰 물새가 긴 부리로 끼룩끼룩
　　　　　　　은빛 물고기를 통째로 삼키고 있었지
귀때기 얼어터지는 새해 며칠
맨 몸으로 떨고 있는 강가의 미루나무들
　　　　　　강물 건너 모래톱을
　　　　뒤덮은 하얀 새똥
꿈틀대던 생명의 흰 점 기억들

한반도의 겨울 해는
노루 꼬리만큼
            길어지고,
하지 지난 이곳은
캥거루 귀만큼
            길어진 밤,

회청색 유카리나무 잎새 사이로
날개치며 하얗게 날아오르는 것
     고향 강변 떠나온
               겨울 물새들이냐
     미래의 기억 속
은빛 물고기떼들이냐

인도양과 남극해가
만나며 갈라지는
암사자 봉(Cape Leeuwin) 앞바다 파도 속으로
20세기의 마지막 햇살이 묻힌다

오랜만에 큰 눈 내렸다는 목포 해안

남해 물결 서해 물결 철썩철썩 몸 섞으며
이 밤도 핥고 있겠지, 수북이 쌓인 그 팥빙수
　　　　동지와 하지가 불현듯
같은 날이고
　　　　　불타던 내일 하루도
남십자성 별빛 아래

　　　　　가짓빛 밤으로 새삼 저물리라
달빛 환한 어린 시절 풀섶
둥지 속 알들의 따뜻한 침묵을 품고
호주대륙 서남단 강변을 서성이는 이 육신은

　　　　어느 날개 달린 새해의 기억일까

감사 예절

호주 토인들은
도대체 감사할 줄 모른다
비스킷, 초콜릿 몇 개 주고
코카콜라 몇 깡통 주고
고맙다는 인사
아예 기대도 말 일이다

호주 원주민들에게는
모든 것은 부족의 신들이 주는 것
매년 모여 춤과 노래로
신들에게 감사하면 그만이다

만인이 같은 부족의 형제자매인데
하늘 아래 모든 것 네 것이고 내 것인데
누가 누구에게 감사한단 말인가
거저 주고 거저 받을 뿐
고맙다는 말을 모른다
인간에게 감사하는 예절 아예 없으니
배은망덕도 없는,
무지개뱀의 검은 후손들

아, 황홀한 야만—

하늘 아래 새로운 것 아무것도 없는데
땅 위에 새롭지 않은 것 하나도 없는데
특허권, 저작권, 온갖 기득권
신성불가침으로 떠받드는
아, 징그러운!
선진문명의 예의바른 율법.

새벽 강물

오늘도 강변을 걷는다
바다가 가까운 이 강에는
정한수 떠놓고 무릎 꿇고
천지신명께 빌고 있는
새벽 강물

물결 모양 심상치 않아
유심히 살펴보니
등지느러미 끝 적시는 첫 햇살로
물살 서늘히 가르며
내 마음속 깊이
잠수하는 돌고래 두 마리

물결은 발밑 풀섶에 출렁이고
하늘의 어느 물가 떠나
밤새워 날아온 펠리칸들이
날개 접고 맨살의 긴 부리로
내 가슴속 수심도 재고 있다
아, 선명해라
물거울에 비치는 펠리칸 그림자

서부호주 퍼스의 백조강변

둥지 틀고 놀다 가고 싶다
한 마리 물새 되어

강 건너 저기 돛폭 접고 정박한
돛대들의 숲에도 가고 싶다

하늘 어디 호수 물결
아무리 눈부셔도

오늘일랑
출렁출렁 푸르른 물결 위로

낮게 낮게
날고 싶다

눈 덮인 산비탈
겨울나목처럼

가슴에 바람 받으며

정월 대낮

땀구멍에서
땀뿌리가 탄다

포크레인 손갈퀴로 찍어도
찢기지 않을 새파란 하늘

초록앵무새 목타는 울부짖음에
유카리나무 만신창이로 생살 터지는
서부 호주의 정월 대낮

퍼스의 정오

눈뜨지 말아
눈뜨지 말아

빗발쳐 내려꽂는 직사광선
화살햇살의 폭포수

고막 속 깊은 동굴까지
눈부시게 찢는
우르릉 꽝
순백색의 적막

번개 대박람회

세상에!
꿈에도 상상 못 했다

청천하늘에 별의별
이상한 번개들이 이렇게도 많이
숨어 있다니!

우르릉 꽝 쾅
찍찍 부지직 수직으로
돌격하는 결사대

하늘 두 쪽으로
찢어버리는
지그재그 정통파

놀란 뱀처럼 화들짝
꼬리 흔들며
내빼는 년

펑펑 번쩍뻔쩍

무턱대고 제자리서
터지는 놈

상상력 부족한 무식한 내 꿈이
벼락맞는 여름 대낮 한 시간
우르릉
꽝
콰앙
세상의 모든 번개들 다 모여
천지는 삽시간에 암흑의 대낮

퍼스의 어느 아침

이곳은 남쪽 나라
노란 열매 익어가는
뒷마당 레몬나무 속에서
비둘기가 알을 품고 있다
하루하루가 창조 닷샛날 같은 이곳
하늘에 깃털구름 쫙 깔려
온 세상을 품은 날
강변에 흩어진 깃털들
어느 둥지에서 날아온 것일까
갈매기 깃털인가
성령의 깃털일까
레몬 향은 바람에 날리고

사막의 별밤

세상의 그리 많은 눈물 어디로 사라졌나 했더니
모두 하늘로 올라가 별들이 되었구나
하늘 가득 메운 별들로
발 디딜 틈 없는 사막의 별밤
어린 시절 뭉쳐 던지던 눈덩이만한
주먹별들 사이 사이
반짝이는 눈물별들
무엇이 그리 섭섭한지
허리까지 바람부는 들판에
초만원 이뤘구나 망초꽃들
불빛 조금만 비쳐도 숨죽이는 버릇대로
어디에 숨었다가 사막의 밤에만 빛나느냐
흰 눈썹 눈물별들

사막의 밤하늘

구름 같은 산맥, 산맥 같은 구름,

구름 같은 바다, 바다 같은 구름

다식판무늬 닮은 반달 조각달 색동달이

은하수 위에 기웃이 돌고

흰 산봉우리 위아래로

색동성좌 점점이 돌고 또 돌아

푸르른 하늘, 불타는 하늘, 영원, 침묵

별들이 색동 잔치 벌이는

사막의 밤하늘

사막의 새벽하늘

물결 같은 구름, 구름 같은 물결,

산 같은 물결 구름 구름, 구름 물결 같은 산 산 산

우주로 날아가면 열리는 미지의 신천지

낯익은 은하계 별들의 색동 원무,

유성들이 불밝힌 도시에

음과 양이 벌어질 듯 껴안는 새벽의 노래잔치

침묵의 합창 색동으로 들리는

사막의 새벽하늘

하늘반지

여기 탁- 트인 파아란 하늘이
일망무제 둥글디 둥근 쪽빛
보석 같았습니다
푸른 향기 가득한 이 사파이어
어느 반지에 단단히 박아
당신 손가락에 꼬옥
끼워주고 싶었습니다, 밤이 오면

반지 속으로 은하수 흐르고
남국 하늘의 가오리연,
긴 꼬리 남십자성
높이 높이 떠올라
천지개벽 이래 최초로
북쪽 밤하늘에 기웃이 돌아
당신 어깨 너머로 지도록

조개껍질 강물

불그레 물든 아침 강물

배 한 척 지나간다

물결 이랑 고요히 새겨지는 강물

조개껍질 같다

이 오팔빛 조가비 주워서

당신께 보냅니다

화장대 위에 제쳐놓았다가

해 저물면 조갯살 같은 손가락에서

하늘보석 반지 뽑아

거기 담아두세요

파도바위(Wave Rock)

서부 호주 불타는 사막 한복판
바다로부터 4백 킬로 떨어진 곳
파도가 친다. 굳어서
바위로 선 15미터의 물결.
비바람에 깎인 웅장한 파도바위.
출렁임의 절정
무너져내리기 직전, 파도와 파도 사이의
눈부신 고요와 아우성의
영원한 정수리
수평선 떠난 해안의 밀물
땅속 깊이 스며 대륙 한복판에
솟구쳤던 원주민의 춤
아아 어디로 갔는가, 그 출렁대던,
노래의 힘줄들
배암을 움켜쥐고 파도치던 근육,
이렇게도 얌전히 착한 밤의
110미터 길이와 폭 70미터의
침묵으로만 서 있기냐
비바람 속 27억 년
쏟아지는 햇볕 아래

얼마를 더 침묵으로 울어야
다시 부서지려는가
넘실대려는가

울루루(Uluru)를 꿈꾸며

나는 아직 울루루에 가지 않았다
그 둥근 잔등 꼭대기에 올라가
양지쪽 건너편 카타주타 봉우리
바라보지 않았다
꿈속에서 아메리칸 인디언 소년들 더불어
들소떼 뒤쫓던 젊은 시절 그대로,
여기 퍼스의 응접실에서 꿈꿀 뿐이다
거대한 조약돌 하나 피에 젖은 모습으로
땅속에서 불쑥 솟아오르듯
꿈틀대며 일어서는 울루루를.
아, 지금 울루루의 음지 쪽
무릎 세운 골짜기 사이
샘물 흘러넘치는 대지의 자궁 근처에서
원주민 하나가
관광객 없던 꿈시간의 울루루를 상상한다

우리는 같은 꿈의 그림을 그리면서
서로를 모른다. 누군가의 피가
땅에서 울부짖는다,
아, 나는 너무 많은 항변을 하지 않았나?

울루루 1

이제 일어나 너를 찾으러 가야 하리
호주 대륙 한복판
달빛에 젖었다 별빛에 마르고
오렌지색에서 도라짓빛으로
눈이 시린 핏빛으로
날씨 따라 색깔 변하며
태양 아래 태산처럼 웅크리고 아직도
펄떡펄떡 피흘리는

세상에서 제일 큰 바윗덩이
사막 한복판 새벽 제단에
가장 오래된 대륙이
시뻘겋게 꺼내놓은 간덩이
흰머리 독수리들 아직도 허공에
눈빛 사나운 땡볕 세월

백인들이 이름 바꿔
에이어즈 바위(Ayers Rock)라 불러온 울루루
높이 348미터에 둘레가 사십 리
사막의 샘물 지키는 거대한

무지개 구렁이 워남피(Wonampi)가
네 품속에 숨어서 묻고 있다
지상 곳곳 죽음보다 새하얀
백인들의 범죄, 용서할 수 있겠느냐
　　　　폐허에서 날개 펴고 일어설 희망, 버리지
않았느냐

이제 일어나 내 너를 찾으러 가야 하리
호주 대륙 한복판, 아득한 지평선 너머 우뚝 솟아
3억 년 동안 펄떡펄떡 살아 있는 울루루
피흘리는 간덩이

울루루 2

당신의 소문을 들은 뒤로
나는 당신의 정체를 알기 위해
책들을 뒤지고
사진첩을 모으고 정보의 바다라는
인터넷을 항해해보았지만

뜻밖에도 당신에 관한 글과 사진은
다양하지도 자상하지도 않았습니다
그런 것이 처음에는 불만이었지만
당신 모습이 풍문의 안개 속에
파묻힌 신비인 것이 당연하고
또 다행이라 생각되기도 했습니다

거대한 당신 모습을 그리려는
나의 첫 시도도 다른 글과 사진들처럼
온갖 과장법으로 시작되었습니다
그러나 어떤 과장의 수사도 늘 역부족이었습니다

당신을 만나고 온 오늘은
축소법을 써봅니다

당신은 억센 가시풀 그늘에 웅크린
한 마리 전갈입니다
당신 꼬리에는 사과씨만한 주머니가
달려 있고 그 끝 독침에는
풀씨만한
불씨가 담겨 있을 뿐입니다
그 불씨로
아득한 광야가 삽시간에
치명적인 화염구름에 휩싸이는 때
더러 있었습니다

울루루 3

세상에서 제일 장엄하고 아름다운 건물 무엇이냐
로마의 베드로 대성전
중국의 자금성
혹은 아, 너무 아름다워 절하고 싶은
타지마할이냐
그 문간에 서면 나는 한 마리 개미

이것들을 호주 대륙 한복판
사막 가운데 우뚝 솟은
원주민들의 자연 성전(聖殿)
시뻘건 통바위 울루루 옆에
옮겨 세우면
모두 개미 한 마리

비행기 타고 발 아래 망망
붉은 모래사막 내려다본다
그림자 길게 드리운
울루루가 한 마리 애벌레처럼 외롭다

울루루 4

통바위산 울루루 산정에는 여기 저기
마른 웅덩이 패어 있어
방패새우들이 먼지와 모래 속에 알들로 섞여
잠시 잠들었다가 폭우라도 쏟아져 웅덩이에
물 고이면 황망히 알에서 깨어나
새끼손톱만큼 서둘러 자라면서 알을 깐다. 햇볕 쏟아져
물기 지글지글 증발하면 한 시간짜리 일생도
순식간에 벼랑이다
울루루 서북쪽 골짝에는 사막가뭄에도 일 년 열두 달
마르지 않는 샘물 있고 서늘한 동굴도 있는데,
이상한 일이다, 도마뱀도 캥거루도 원주민도
벌들도 새들도 불볕더위 석 달 열흘 계속되는
가장 어려운 때 잠시 찾아와
목을 축이고는 곧 떠난다
그 누구도 이 오아시스에
영주권 시민권 원치 않는다
심한 비바람 모진 추위 견디기 어려우면
바위굴에 며칠 몸 의탁하다가 어디론가 사라진다
누군가 여기 정착하여 울타리 치고 독차지했으면
사막의 뭇생명 옛날에 옛날에 모두 사라졌으리

울루루 5

이집트에 피라미드가 있다면
호주에는 울루루가 있다
피라미드가 역사라면
울루루는 꿈이다
기하학에 기댄 역사의 영원은 매일이 사막이고
자연의 사막은 매일 꿈을 꾼다
물안개 뿜어 무지개 만들며
헤엄쳐 이동하는 고래떼를

울루루 6

혀푸른도마뱀의 갈라진 혀보다 더 새파란
이 절망은 무엇인가
구름 한 점 없는 하늘 여섯 달
붉은 모래알보다 더 붉은
이 사막의 울음은 무엇인가
너 시뻘건 울음덩이 울루루
붉디붉은 알몸의 바위
해지고 달 뜨니 오늘밤은
잘 삶은 간덩이처럼 퍽퍽할 것 같구나

3부

채마밭

총각냄새 물씬 풍기는 무밭 곁에
웃음소리 소란스런 배추밭
아낙들 머리에 쓴 흰 수건처럼 환한
달빛웃음 밤새워 참느라고
배추고갱이 노랗게 속이 밸 때
무들은 흙 속에서
수음하며 몸집을 불린다
신병훈련소 같은 무밭
신참이등병 일개 소대 출소준비 끝

봄처녀

그녀의 온몸에서
색색의 나비들이 날아오른다
손끝을 방금 떠난 나비
발가락에서 날갯짓하는 나비
젖꼭지에서 더듬이를 말고 있는 나비
땀구멍에서 겨드랑이에서
그리고 사타구니에서
연둣빛 날개 파르르 떨며
머리카락 사이로 기어나오는 나비
3월이 겨울잠에서
막 깨어나는 중이다
냇물, 토끼풀, 호박벌의 이름으로
나무관세음보살

어떤 꿈
―E에게

붉은 하늘 아래
대궐 솟아 있고
지붕의 용마루는 좌우로 길게 뻗었는데
오른쪽 용마루 어깨끝이 들썩들썩 움직이더니
긴 꼬리 커다란 새로 변해
이윽고 날개 서서히 펄럭여 치솟아
하늘에 한 바퀴 큰 원을 그리고
다시 제자리에 내려와 사방을 둘러보며
억센 두 어깨 들썩들썩
어느새 용마루 끝어깨로 시침 떼고 있다

동트는 하늘 뒤로 하고
아무 일 없었다는 듯 솟아 있는
무량수전(無量壽殿) 닮은 대궐

이 모든 것 경이롭게 지켜본 뒤
대궐 뒤쪽 초라한 전각(殿閣) 벽에 걸린
영정 속으로 뚜벅뚜벅 걸어들어가는
늙은 사내의 어깨 처진
발걸음이 참 가볍다

그만큼의 축제를 위해

여러 해 전에 떠난 벗이
불쑥 문을 열고 들어선 날
나는 손도 잡지 못하고 한참을
물끄러미 바라보았다
아들은 벌써 대학생이고
신도시에 산단다
우리들이 그 아이 또래였던
젊은 날의 시간들이 모여 빛나는
황금빛 모래사장이
줌렌즈 속으로 성큼 다가온다
건너갈 수 없는 그곳,
죽은 추억의 풀섶 둥지 속에
오래된 알들이 소멸의 온기로
빛나고 있다
저녁밥을 먹다가
형광등 끄고 촛불을 밝히면
조금씩 흘러넘치는 촛농의
따뜻한 소멸로
일상의 식사가 축제가 된다
날개 달린 시인의 언어여

그만큼의 온기를 위해
가지 끝에서 네 노래의 촛불이
움돋는다 미래의 둥지 속으로 날아가
알들의 기억을 품어라

탑

절에 가서 탑을
보면 나는
늘 궁금하다
저 속에
무엇이
있을까 어느 비밀의
돌문을 열고 계단을 내려가면
등불 켜 있는 회랑
다시 계단을 돌아 내려가면
둥근 방 하나
그 가운데 돌상자 숨겨 있어
뚜껑 열면 오색영롱한
사리알들 샘솟으리
아, 탑은 하늘 속
샘물무덤

별 보는 마을

강원도 안흥 덕초현의 어느 산골 지나다 보니
별 보는 마을이란 팻말이 보였다
발길 돌려 덮어놓고 찾아갔으나
별들이 모두 구름장 뒤로 숨는 바람에
무턱대고 또 한 밤 기다릴 수밖에 없었다

그러나 이번에는 길 가던 보름달이
팻말 보고 찾아들어 별들아 나와라
고래고래 소리치며
동동주 밤새워 사발로 퍼마시는 서슬에
별들은 놀라서 산새처럼 날아갔다

그믐밤에 남몰래 다시 찾자 작심하고
이튿날 서둘러 새벽길 나서다가
별마을 팻말 냉큼 뽑아 슬쩍
밭고랑 멀찍이 훌쩍 던져버리는데,
등성이에 턱 고이고 늘어졌던 보름달이

아서라, 싱긋 웃으며
영 너머로 돌아눕는 것이었다

반딧불

서산마루에 초승달
희미한 호롱불처럼 걸려 있어
깜깜하던 하늘 전체가
아늑한 오두막 되면

등잔에 기름 떨어져 불도 못 켜고
가슴만 졸이던 개똥벌레 한 마리
비로소 마음속에
반딧불 밝히고 길을 찾는다

섬

내 마음 어디엔가에
섬이 있습니다
그 섬에 가본 지가
너무 오래되었습니다

삼각파도 치솟는 물난리 나면
배타고 찾아가 물구경 한참 하다가
곧 떠나오던 섬

오늘은 송장헤엄쳐 건너가서
나무에 등 기대고
푸른 그늘에서 새소리 훔쳐들으며
흘러가는 뭉게구름에 휘파람 불다가
저녁놀 물들도록
그냥 머무르기로 했습니다

바람 부는 날

옷 찢어질 듯 바람 거센 날
갈매기들이 일제히 바람 부는 쪽을 향하여
바람을 바라보며 앉아 있다

나는 바람 등지고 나무에 기대어
세찬 바람 피하지 않는
고매한 관풍(觀風)의 정신을 사유하는데

엄숙 심각하게 폼잡을 것 하나도 없다
억센 바람 어째서 온몸으로 껴안는지
자 한번 보라는 듯
난해한 까닭 같은 거
하나도 없다는 듯

머리칼 멋지게 휘날리며
바람과 이마받이하던 갈매기 한 마리가
과자 부스러기 찍어먹으려 잠깐
바람을 등지는 순간

겉털 속털 날개깃털 홀러덩

뒤집혀
똥구멍 밑구멍까지 죄다
드러나는 것이었다

젊어지는 날

바람 씽씽 불어
물마루 늠름하게 치솟으면
수면에 앉았던 물새들 일제히
날개 치며 바람 속을 헤엄치고
고기떼는 물 속을 신나게 날아다닌다
아 좋아라 바람 쌩쌩 부는 날
땅바닥의 풀잎들
파르르 몸을 떨며 자지러지고
늙은 나뭇잎들도 어린 나뭇잎과 어울려
싸이키델릭 춤을 춘다
온몸 이토록 세차게 흔들리기는
처음인 날, 물결 출렁여
천하만물 젊어지는 날

새천년 새해 백두산에서

꽝꽝 얼어붙은 백두산 천지
그 위에 천막을 치고 그들은
20세기의 마지막 밤을 새웠다

얼음장 석 자 뚫어 천지물 길어올려
신새벽에 떡국을 끓였다

하늘못 둘러친 산봉우리 연봉들에
첫 햇살 박혀 금박(金箔) 병풍 되는 순간

떡국 떠놓고 새천년 새해 세배를 올렸다
이마에 구슬땀
고드름 달리도록
삼천 번 무릎 꿇고 절하였다

삼지연에서 수상스키 타고
그 옆 하얀 자작나무숲 베어내어
콘도 세우고 골프장 만들고
호텔에는 카지노 불빛
야간 스키장 휘황한 조명 아래

선남선녀들 이깔나무숲 사이로
미끄러지며 깔깔대는

그런 통일의 날은 이 목숨
다 바쳐서 꿈에도 소원이
아니라고

호랑이와 불곰과 늑대와 다람쥐와
만병초, 하늘매발톱꽃, 두메양귀비,
말벌들의 고향인 백두산
사람들만의 세상 아니라고

온갖 금수(禽獸)들 다 어울려
새하늘 새땅 한몸 이루는
금수강산 삼천리
빌고 또 빌었다

역사와 시인

역사는 음험한 포주
우리들 하나하나를
화냥년으로 팔아넘긴다

시인은 우물가에서 화냥년 만나
물 한 바가지 청해
그녀의 끝끝내 숫처녀 시절
남실남실
넘치는 샘물

시원스레 쭉 들이켜는 사람이다

4부

세계화 블루스
—장편 굿시

소생은 원래가 태생이 미천한 시인의 신분이고
시인의 직분이란 무당과 같은 것이라고
스스로 깨닫고 있는 터여서, 요즘은 각별히
세계화의 시대를 맞이하여 내남없이
무한경쟁 무한생산 무한소비 잡귀신에
단단히 걸려 있는 판국이라 이곳저곳에
불문곡직하고 주책없이 푸닥거리 굿판을 벌여
이놈들과 씨름을 해보는 중에, 진땀만 뺄 뿐
효험이 별로 없는 터이지만,
날로 달로 답답하기는 마찬가지라
에라 모르겠다, 중도파장하라고 악쓰는 놈
있거나 말거나 다시 한번 놀아보면서
안 나는 신명이라도 내봐야지 정녕 갑갑해서
못살겠구나

엊그제 새천년의 문턱을 막
넘어설 제, 요란한 축하잔치와
환호성 야단법석 호들갑에
온갖 소동 다 떨어쌓기에
살판나는 21세기가 시작된 줄 알았더니,

웬걸, WTO의 출범으로 본격화된
세계화의 격랑이, 아따 겁나게
밀어닥쳐 우리네 삶은 하루하루가
더욱 숨가쁘게 돌아가는 판국이라,
너도나도 자나깨나 무슨 주문을 외우듯
세계화 세계화 하는데 도대체
세계화란 뭐 말라죽은 놈, 아이고 실례,
뭐 살쪄 비만증 걸린 어르신네인지
궁금답답해 죽겠는 터에, 세계화라는 말에
목적어가 빠진 것이 아무래도 수상쩍어서
생략된 목적어를 슬쩍 집어넣고 곰곰 따져보니
이 어르신네의 정체가 어렴풋이
꼬랑지를 드러내는 듯도 하것다.
시장의 원리와 시장의 힘이
전 세계를 몽땅 장악하게 하는 것,
그것을 한마디로 점잖게 줄여서
세계화라 부르는디,
이윤의 극대화를 최종목표로 삼고 있는
자본의 논리를 철저히 관철하기 위하야
우리네 사람살이와 관련된 모든 것을

통째로 시장의 힘에 맡겨야 된다는
수작이것다. 시장의 원리는 경쟁이니까
세계화는 곧 무한경쟁이라, 이리 따져봐도
저리 살펴봐도 이치가 그러할진대,
경쟁에 불리한 모든 제도는
싹 뜯어고쳐야 하느니, 유식한 말로
구조조정을 해야 한다 이 말이렷다.
그리하여, 엊그제 신문보도를 보자니까
호주의 전화회사 텔스트라에서
지난해 사상최대의 이득을 올렸다는
보고와 함께 회사의 군살을 빼기 위해
종업원을 16,000명 감축 퇴출시켜버리고,
봉급은 철저한 차등지급 연봉제라
이른바 경쟁력 짱짱한 최고경영자(CEO)의 연봉은
20만 달러에서 600%인상하여
120만 달러가 되었다고 발표했것다
고비용 저효율의 낭비부패구조를 혁파한다는
그럴듯한 이름의 이 대홍숫물에,
능력에 따라 일하되
필요에 따라 재분배하는

연민의 구조도 함께 떠내려가는
노골적인 약육강식의 세상이 되었구나.
어허, 맹랑한 일이로고.

빨갱이가 시뻘겋게 살아 있는 상황에서
노동자를 착취하는 자본가가 왕방울눈을
부라리고 있는 상황에서
빨갱이 때려잡기 위해서라면
자본가 박멸을 위해서라면
마누라 팔아먹고 자식놈 고발하는 것도
충성이요 애국이라는 냉전 시대의 논리 아래서,
양쪽 진영의 대표선수인 초강대국들은
무기개발 무한경쟁의 깃발 유치찬란 내걸고
원자탄 수소탄 중성자탄
대륙횡단미사일 크루즈미사일 다탄두핵미사일
독가스탄 세균탄 화학무기 생물무기를
개발하며 별들의 전쟁에 대비해나가다가,
빨갱이 국가의 임꺽정 두령이신 소련이
와르르 쫄라 꼴좋게 자멸하는 사태가 벌어져,
바야흐로 세계는 자본주의 시장경제의

독무대가 되어버렸으니, 웬 떡이냐,
한바탕의 원맨쇼 어찌 사양하랴.
냉전체제에서 세계의 삶을 주름잡던
초강대국들(Superpowers)의 핵주먹 대신에
이윤의 극대화를 위한 것이라면
모든 것이 허용되어 마땅할 뿐 아니라
자본의 자유로운 이동과 이윤추구 활동에
장애가 되는 것은, 그것이
사회복지제도건 의료보험제도건
환경보호를 위한 것이든
생태계보존을 위한 것이든
인권과 인간의 존엄성을 지키기 위한 것이든
증조할아버지 곰방대건,
모두 구조조정, 꼬부랑 글씨 서양문자로
레스트럭처링(restructuring)되어야 지당하고,
대학에서 가르치는 것 중에도
돈벌이가 되지 않는 것은 철학이건 국학이건
문학이건 지구과학이건 순수물리학이건
왕대못 꽝꽝 박아 폐쇄해버리고,
외국어도 푸른 배춧잎처럼 싱싱한

미국 달러와는 족보가 멀어도 한참 먼 라틴어
희랍어 산스크리트 독어 불어 따위는 다 집어치우고
조선일보 캠페인의 철딱서니 하나 없는
방정맞은 주장처럼, 영어야말로 경쟁력이요
우리의 살 길이요 갈 길이니, 아 원통분통해라,
어찌하여 영어가 모국어가 아니더란 말이냐
영미귀축의 식민지라도 되었었더라면 좋았을걸
한탄자탄 잠꼬대하는 중에 국제무역통상언어인
영어만 전 국민에게 세 살 적부터 필수로 가르치되
회화를 중점적으로 가르쳐서 경쟁력을
높이라는 자가발전 염불이
성난 파도처럼 전 국토에 밀어닥쳤것다.
문어발식 독점재벌이든 돈벌이 못하는 은행이든
지구온난화방지협정이건
생물종다양성보전협정이건
소득증대에 장애가 된다면 폐기해도 좋다
무시해버려라, 레스트럭처링하여
즉각 퇴출 킥아웃시켜라,
단 돈벌이가 되는 것은
무엇이든 장려지원독려권장한다.

황공하옵게도 지당마땅하옵신 초강대시장
즉 슈퍼마켓(Supermarket)님의 신성한 헌법이
천하만방에 꽝꽝꽝 공포되어 돈벌이 재간 없는
순진한 사람들의 여린 마음,
공포로 꽁꽁꽁 얼어붙었는데,
경제성장을 이루어내지 못하면
독재정권이든 민주정권이든
무차별적으로 자리를 보존키 어려울 터
모든 것이 경제의 이름으로 금지되고 허용되느니,
200개 남짓한 세계대자본회사의 이익을
과학적으로 객관적으로 거시경제적으로
미시경제적으로 재정금융적으로 대변하는
극소수 정치경제 엘리트들이 작성한
WTO 무역협정이 우리의 삶을 주물럭주물럭
말아먹고 삶아먹는 세계화 체제에서는
우리의 손으로 어떤 국회의원을 떨어뜨리고
어떤 정치꾼을 대통령후보명단에서 퇴출시키건
커다란 뜻이 별로 없으렷다
어허, 민망한 일이로고.

환경주권, 경제주권, 자생동식물주권
이런 모든 것도 대자본 기업들을 위한
신성불가침의 특허권에 어긋나는 것이면
포기되고 폐기되지 않을 수 없을 터,
인간의 유전자 DNA 염색체의 정체를
모두 밝혀내는 게놈 프로젝트 비슷한
생명공학유전공학연구에
온갖 국립공립사립 연구소 직원들이 밤잠 설치며
용맹정진하야 복제양 복제송아지 만들랴
두뇌는 아인슈타인, 몸뚱이는 아놀드 슈워제네거
이런 슈퍼 인종 창조하랴, 드라큘라처럼 눈알이
새빨개진 것도 다 돈이 되는 일이라 그러는 것.
밝혀지는 유전자 하나하나를
특허권으로 보호하여
엄청난 이익을 독점하도록 도난방지시스템
최첨단 세콤으로 보호하고 또 보장하는 것이
이름하여 세계화, 경쟁력 빵빵한 영어로 말해서
글로벌리제이션(globalization)의 원리이고 논리인 걸
영어도 모르는 무식한 네놈들 알 턱이 있겠느냐.

아따, 그러니께, 세계화라는 싸가지 어림반푼어치도
없는 놈이 무엇이냐 하면
천하잡것 이 세상의 모든 잘난 놀부놈들,
성장만이 살길이다, 파헤치고 또 파헤쳐
너는 잘먹고 잘살고, 나는 인류 위해 좋은 일 하고,
누이 좋고 매부 좋고, 그럴듯한 속임수 구호 내걸고,
흙이 죽건 물이 썩건, 열대우림 사라져
지구가 망하건 말건, 태연자약, 제 욕심 맘놓고
채워보자는 헛수작인 모양인디,
그러코럼 앞뒤양옆이 명약관화
등잔 밑처럼 환하디 훤한디
어찌하여 성님들 동생님들 교수님들 박사님들
높으신 장관님네들 우리 모두 세계화의 길로
일로매진 각개약진 하라고 자꾸 졸라쌓는감
알 것 같다가도 도통 모를 일일세.

어허 이보게 그러니까 맨날 당하고 살제,
내 얘기 한번 들어보더라고.
어째서 몽땅 시장의 기능에 맡기자는 말인고 하니,
경제성장, 소득의 증대, 생활수준향상

이런 거 우리가 원하는 것 아니냐 말이여
말이야 바른 말이지, 끝없는 소득증대가
자나깨나 우리의 꿈이 아닌감.
소득증대 없이는 생활수준의 향상이 불가능하고,
생활수준의 향상 없이는 행복을 기약할 수 없는 기라.
그렇다면 무한경쟁이 졸라게 피비린내 나는 것이라도
사양할 수 없다 이 말이여.
양탄자 깔린 응접실 푹신한 소파에
여우 같은 마누라와 깊숙이 몸 파묻고
대형 벽걸이 69인치 텔레비로 연속방송극 보면서
냉장고에서 양주 맥주 포도주 코냑 꺼내 마시며
보험생명학 경영학 증권공학 회계학 공부하는
전도유망양양한 자식놈들에게
슈퍼컴퓨터 벤츠자동차 사주는 꿈
이런 행복 감히 포기할 수 없다면
잔말 말고 세계화의 대세에 동참하라 이거야.
유전자를 조작하여 생산한 쇠고기 닭고기 돼지고기
슈퍼콩 슈퍼옥수수 슈퍼쌀 슈퍼밀 섞어 만든
유전자 조작 아이스크림, 유전자 조작 시리얼
유전자 조작 토마토, 유전자 조작 오렌지 등등

산해진미 기막히는 먹거리 천장까지 가득하고
화석연료를 태워 만든 신소재로 생산한
최첨단전자레인지, 최첨단전화팩스기, 슈퍼자동차,
초미니핸드폰에 알약비아그라, 비아그라연고,
비아그라드링크까지 산더미로 쌓여 있는
비행장만큼 드넓은 초대형 슈퍼,
쇼핑의 짜릿한 오르가슴 만끽할 수 있는
아— 소비자의 천국, 세계화가 약속하는
이 행복한 무지개 세상 원한다면
두 눈 딱 감고 발바닥에 기름칠하고
글로벌리제이션의 길로
어깨 겯고 나아가자 이 말 아닌감.

이왕지사 말이 나왔으니 말인디,
요로코럼 신바람 나는 소리 떠벌려놓고 봉께
뭔가 가슴에 구멍이 뻥 뚫린 듯
허전하고 영 개운치가 않구먼.
국제금융자본이 마음놓고 설치며
세계 구석구석을 누비며 알 먹고 꿩 먹고
몽창 다 먹으려니, 저마다 색깔 틀린

토착문화 번거롭다, 언어가 다르니 불편하다,
모든 것 다 표준화하고 단일화하자,
영어만 쓰자, 결국 현대판 바벨탑을 쌓기 위한
설계시공종합공사 총본부가 WTO라는 말 아닌가.
어허, 재앙이로고.
허나 애통지심 지그시 눌러두고
목소리 낮춰 의논조로 빈약한 지식이나마
들은 풍월로 한번 곰곰이 따져보자구.
소비 없이는 성장 없고 성장 없이는 소비 없고
그러다 보니 무한경쟁 무한생산 무한소비가
미덕으로 권장되는 세상에서
행복과 생활수준은, 그 뭐라드라,
끝없이 높아가는 GNP, GDP가 보장한다는 말
자네도 들은 기억 있겠제.
국민총생산, 국민총수입을 합산하여
인구숫자로 나눈 것이 이런 지표라면
백만장자 천만장자 억만장자 조장자가
열 명씩 있고 나머지 국민은 모두 거렁뱅이여도,
딱하고 딱할시고, 통계표에는 생활수준이 높은
행복한 나라가 된다 이거야.

돈의 거래량을 총합산한 것이
이런 경제지표이기 때문에
자동차 사고가 나고, 사람이 하나 죽고,
그럴 때마다 돈이 흐르니까
GNP, GDP는 올라간다는 말 아닌가
정녕 맹랑한 일이로고.
세계최대석유재벌의 초대형유조선이 침몰하여
북태평양 청정해역이 시꺼먼 석유바다가 되어
수십만 마리 물고기와 수달과 돌고래가 죽어간 해
그 뒷수습 처리비용도 계산되어
미국의 GDP는 한참 올라가, 왕창 행복한 나라,
그만큼 생활수준 높아진 나라가 되었다는 얘기것다.
이렇듯 소비가 미덕이고 무한성장 무한소비가
경제발전 경제성장의 철칙이라면,
1997-98년 한국경제를 휘청거리게 한 IMF 태풍이
성수대교식 박정희식 군사독재경제개발의
예고된 필연적 결과였듯이, 전 지구가 쓰레기로
뒤덮인 폐품처리장이 되고 지구자원이 동이 나고
공기는 오염되고 물은 썩고 영향평가 전혀 안 된
유전자 조작 먹거리가 인체에 악영향을 미쳐

새로운 질병을 유발시켜
우리의 몸과 마음이 치명적인 위기에 처할 위험성
가능성은 언제 어디서나 있는 것이렷다.

과학의 발달이 이를 모두 해결해줄 것이라는
순진한 믿음은 경영학박사님 금융학교수님들은 몰라도
우리같이 맨날 속고 살아온 무지렁이들이야
검정고무신짝 내던지듯 버린 지 오래다 이거야.
암 어림없구말구. 우리집에도
나이키 운동화가 몇 켤레나 되는데.
밑빠진 독에 물 붓기로 연구비를 엄청 쏟아부은
항암제가 우리 몸에서 원자폭탄작용을 한다는
새로운 과학적 연구결과가 새록새록 보고된다는
유언비어를 바람결에 들은 바 있는데
유언비어가 나중에 보면 대개 신통하게 맞더라구.
유명회사 제품이라 인체에 전혀 해가 없다던
살충제 제초제 살균제가
명숙이 신랑 결딴내고 철호 어머니
쓰러뜨린 것 내 눈으로도 똑똑히 봤지.
지금 무해하다는 유전자 조작 식품이

몇십 년 뒤 유해한 것으로 판명돼도
예나 지금이나 마찬가지로 그때에도
아무도 책임지지 않을 거라 이 말일세.
그 동안 이익금을 억수로 챙긴
초일류 기업체들은 그때쯤이면 또다른
최신 제품으로 더 많은 이득을 보고 있을 터.
철석같은 호언장담 믿었다가
어허, 큰 봉변이로고.
자네 DDT 기억하나. 육이오 시절에 많이도 썼지.
이 잡고 서캐 죽이고, 만병통치약이라고
어떤 집은 밥에도 처넣어 먹었다지 않나.
글쎄 그게 지금은 사용금지된 독약 아닌가.
사람 열받는 고약한 일인디, 이런 악순환을
한층 보장강화확대하는 친자본적인 제도적 장치가
WTO에 의해 입안된 세계화 체제의 정체란 말일세.

푸념해야 소용없고 역정내야 쓸데없느니
터지는 분통 가라앉히고, 목소리 다시 낮춰
좀더 따져봄세, 한 사회의 생활수준과
행복의 수준을 국민총생산과 같은

부정확하고 비합리적인 경제지표로 계속 가늠한다면
무한경쟁 무한생산 무한소비의 악순환 고리에서
결코 해방될 수 없지 않겠는가
새로운 좀더 과학적이고 정확한 지표를
진지하게 생각해봐야 할 텐데, 마침
발전의 뜻을 다시 생각하는 연구소가
샌프란시스코에 생겨서 GDP, GNP 대신에
GPI(Genuine Progress Indicator) 즉 진짜발전지표를
창안해서 쓰고 있는데, 이것은 얻은 것과 잃은 것을
함께 계산하는 방법으로 얻은 것만 계산하고 있는
지금의 경제지표와는 차원이 다르다네.
자동차 한 대가 생산될 때 이놈이 환경공해를
유발할 터이니 그 비용은 빼내고, 공장이 하나 생기면
폐수를 방류하고 소음과 먼지를 만들어낼 것이 뻔하니
그 값도 제하고, 우리 동네의 경우처럼 연극배우
유인촌이가 좁은 골목에 주택 서너 채 사서 헐어낸 자리
극장 하나 세워 커피숍도 음식점도 다투어 문을 여니
몰려드느니 자동차요, 골목골목 저녁마다
매연 소음 가득하여 창문 열 수 없으니,
극장의 소득에서 동네 생활환경 망친 비용은

제해내고, 가정주부의 집안일은 그 값을 계산하여
더하고, 학교 운동장에 나무 심어 능수버들
휘휘 늘어지면 학생들 심신 건강에 좋으니
그 비용은 더하고 해서,
생활수준 행복수준의 지표를 만든 것이라네.
근사하지 않은가. 이거야말로 진짜 미시경제학
진짜 거시경제학일 것 같은데,
고매하신 경제학자 정치가 나으리들
신통방통하게도 이런 면에는 청맹과니라.
이제 이런 진짜 첨단과학으로
삶의 질의 향상여부를 재어보니
생활수준의 향상이 소득증대와 관계가 많지 않더라
이거지. 오히려 소득이 증대되면서 삶의 질이
떨어지는 결과가 된다는 별로 놀랄 것도 없는
진짜 통계숫자가 잡힌 것이라네.
미국의 경우를 보아도 1950년 7,865 달러에서
1992년에는 16,414달러로 GDP는 올라갔지만
진짜발전지표인 GPI는 1950년 5,663달러에서
1969년 7,441달러로 치솟았다가 1992년에는
4,426달러로 오히려 뚝 떨어졌더라 이 말씀이지.

해골 복잡하게 먼 나라의 애기 들먹일 것 없이,
우리네 살림을 들여다보자구.
이웃집과 아침인사 나누며 새벽이면
물도 뿌리고 빗자루로 썩썩 쓸던
대문 앞 큰길에서 이제는 밤낮 없는
주차전쟁에 앞뒷집 언성 높여
주먹다짐 멱살잡이 일쑤이고,
목련나무 개나리 대추나무
진달래 감나무 단풍나무
철철이 꽃 피고 곱게 물들고 참새 소리 가득하던
안마당 밀어내고 다세대주택 원룸 연립빌라 올려
술집색시 돌아오는 새벽 두서너시경엔
남이야 자건 말건 고성방가에 오토바이 소리까지
시끌벅적 우리 동네, 이렇듯 삶의 질 행복지수
귀로 듣고 눈으로 보고 살갗으로 느끼게
엉망진창되어, 사람 환장하겠는데,
국민소득 10,000달러 어쩌고 하는 수작이
너 속고 나 속는 헛숫자 놀음 아니고 뭐란 말인가.

대학도 생산력을 높여야 한다,
(학교가 무슨 공장인가 회사인가)
논문 많이 쓴 교수, 책 많이 낸 학자,
강의에서 해방시켜주고
(강의가 무슨 강제노동인가)
논문 안 쓰는 교수 퇴출시켜 마땅하니
연봉과 연구비는 차등지급하라
초등학생 운동회에 달리기시키듯
선생들도 줄 세워 경쟁 붙여라
미국 대학에서 그렇게 한다
미제라면 다 좋은 줄 알고
신문들의 독촉 불 같은데, 이것도 하나만 알고
둘은 모르는 짧은 소견이지,
GDP, GNP 어쩌고 하는 논문,
복제양 돌리 개발 성공 어쩌고 하는 연구
이런 것 많으면 많을수록 세상은
더욱 끔찍해지는 중에,
해서는 안 될 연구, 안 썼으면 좋을 글들로
애매한 종이뭉치 흥청망청 낭비되어
나무들만 더 많이 베어지는 저 비명소리,

아이고 불쌍해라.
필생의 명저 한 권 남기려 이 생각 저 생각에
하늘 한참 바라보다 뒷짐지고 천천히 걷는 학자들,
GPI 같은 진짜 경제지표 연구하는 인기 없는 교수들
연봉 감봉되고 목덜미에 칼날 닿아 있으니,
심기 심히 불편하여 총기 흐려질까 두렵구나.
모든 것을 경제로 왜곡 축소시켜 계산하는
속 좁은 경제학자들의 계산으로
아무리 개발도상국에서 중진국이 되었다느니
선진국대열에 들어섰다느니 해봤자
산과 들에 지저귀는 새 한 마리
찾아보기 힘들고 그 많던 잠자리 방아깨비
장마 끝의 맹꽁이 모두 사라진 지금
이 어찌 살 만한 세상이라 우길 수 있겠는가
어허, 민망하고 맹랑한 일이로고.
희생, 친절, 우정, 절제와 나눔, 양보지심,
봉사와 연민, 신나는 춤과 청빈과 마음의 여유,
이런 것 몽땅 우리네 삶에서 퇴출시키고
소득증대, 발전, 생산, 소비, 경쟁력 강화만을
내세우며 소비가 미덕이라 후안무치로

생떼를 쓰는데, 우리가 등신이냐,
이젠 안 속는다, 예전엔 미처 몰랐지만,
우리 시대에 가장 아름다운 모국어는
아껴쓰고 나눠쓰고 바꿔쓰고 다시쓰는
아나바다라는 낱말이라는 것
창자가 알고 가슴이 느끼지 않느냐.

아쭈 제법 통계수치까지 들먹이며 어깨와
배에서 힘 쫙 빼고 목소리 쫙 깔아서
고매하신 교수나리 강의하듯 한참
얼씨구 절씨구 수다를 떨던 돌팔이 무당
불현듯 아득한 지난 학창 시절
야심탱천하던 청년대학생들 뱃속에서
일류병귀신, 황금만능귀신, 고급병귀신
흠씬 두들겨패 쫓아내느라, 비지땀 뻘뻘 흘리던
사투리 심한 큰무당 김상옥(金相沃) 시인에게 시조 한 수
바쳤던 일 새로운 감회로 떠랐것다.

말만 듣던 그 무당 오늘 벌린 굿판 보니
춤사위 쓸 만하고 입심도 자아니 세다

그 무당 슬기도 높아 내 귀신을 쫓느니

뜻하지 않은 선물에 큰무당 껄껄 웃으며
대뜸 시조 한 수 지어 화답하기를,

이 손에 들린 채선(彩扇) 춤출 때 알아봐라
일월도 삼각산도 파르르 떨고 만다
요귀떼 온갖 홀림도 안개 걷듯 하리니

이렇듯 벼락치던 자신감 못내 부러워
장황한 굿판 냉큼 구조조정 못 하고 미적대는
돌팔이 시인의 귀를 스치는 솔바람소리―
            네 믿음이 너를 고쳤다
문둥병도 낫게 하고, 앉은뱅이 일으키고,
온갖 악귀 내쫓고, 악취 나는 송장에게
무덤 문 열고 얼른 나와라 해놓고도, 저런,
네 믿음이 너를 고쳤다던
무당 중의 왕무당,
최고왕초두목 시인무당님의
나직한 이 한말씀에

등골 오싹, 식은땀 쫙 나는 중에,
여러 환경단체들, 한살림공동체,
변산공동체, 백두대간 지킴이,
숲과 문화 연구회, 녹색평론 등등
이곳저곳 우후죽순 격으로 솟아나
일찍이 모든 것 다 깨달은 밝은 마음으로
진짜발전지표 GPI 올리기 작업에
없는 주머니 털어가며 몸까지 바쳐온 것 생각하고
숙연한 마음에 옷깃 여미니,
온갖 조바심 안개 걷히면서, 바다 위로도 능히
걸어갈 믿음의 사람들로 이 골짝 저 골물에
희망의 황금씨앗 움트는 소리 졸졸졸
샘솟는 것만 같아, 돌팔이 졸개 무당시인
황망히 서둘러 굿판을 엎는구나.

질병의 은유 만들기와 울루루,
꿈의 텍스트 만들기

김승희(시인·서강대 국문과 교수)

1. 시인, 미소, 병의 은유들

　김영무 선생님을 생각하면 잊지 못할 일화가 생각난다. 캐시 송이라는 코리안 아메리칸 3세 시인이 서울을 방문했을 때였다. 캐시 송은 20세기 초 사탕수수밭 노동자로 하와이에 갔던 할아버지와 사진 신부Picture Bride로 사진 한 장을 들고 알지도 못하는 신랑을 찾아 하와이로 갔던 할머니의 후손으로서 바로 그 'Picture Bride'라는 제목의 시집이 예일 대학교 출판부의 젊은 시인 시리즈로 출판된, 아주 좋은 소수 민족 시인이다. 캐시 송은 시 낭송의 저녁 시간에 김영무 선생님을 만났고 여러 시인, 영문학자와 함께 즐거운 저녁 시간을 가졌다. 다음날 여성 영문학자, 시인과 함께 만나 저녁을 먹을 기회가 있었는데 그때 그녀는 김영무 선생님이 미국의 영화감독 우디 알렌과 닮았으며 장난스럽고 순진한, 예술가적 인상을 준다고 말해서 일행이 함께 웃었던 기억이 있다.

나는 그녀의 말에 약간의 반대를 했다. 우디 알렌은 괴물 메트로폴리스 뉴욕을 순식간에 심리학적 공간으로 변화시키면서 음울하고도 애매한 정신병리적 미소를 보여준다. 김영무 선생님은 오히려 인고(忍苦)와 연민을 터득한 동양의 순정하고 아름다운 미소에 가까운 것을 보여준다. 우디 알렌은 일그러지고 비틀어진 서양 지식인의 파편화된 자의식과 우스꽝스러운 편집증, 혹은 비극적인 분열증을 보여주지만 김영무 선생님은 지식을 통과해서 지식의 절망과 환멸과 아픔조차도 순화한 단계의 그런 정화된 미소를 지녔다. 그렇지 않을까? 동양 지식인과 서양 지식인의 차이야. 우디 알렌이라는 안경을 통해서 다시 김영무 선생님을 보자 선생님의 자애롭고 학(鶴) 같은, 비판을 하되 부드러운 사랑을 잃지 않는 그의 언어의 특징과 미소의 특성이 확연해졌다는 경험을 이야기하고 싶은 것이다.

결론은 없었지만 다 함께 웃고 떠들었던 왁자지껄한 일상의 시간이었다. 그런 왁자지껄, 누구와 누구에 대한 즐거운 연상, 무의미한, 그러나 떠들석하고 흥겨운 웃음—낯선 사람과 만나고 헤어지고 웃고 술잔을 부딪치며 밥을 먹고 말을 나누고 식탁 위에 팔꿈치를 얹고 더 적당한 언어를 찾으며

말을 더듬던 그런 흘러간 장면이 지금 해설을 쓰는 첫머리에
서 그립게 생각나는 것은 지금 선생님께서 많이 아프시기 때
문이다. 아, 프, 시, 다…….

거시적으로 본다면 인간이 육체 안에 갇혀 있으며 육체의
고통을 따를 수밖에 없다는 것은 어느 개인의 문제가 아니라
모든 인간의 보편적 조건이라고 할 수 있다. 그렇기 때문에
이 시집 속에서 나는 인간 보편의 육체의 조건인 '질병'에
대해, 그 질병의 은유에 대해 유의를 하면서 시편들을 해석
해보고자 한다. 그것이 선생님의 투병에 누(累)가 되지 않았
으면 하는 조심스러운 마음이지만 그러나 문학 속에서 자신
의 질병을 은유화하고 질병을 시세계의 키 워드로 삼아 그것
을 통해 세계를 해석·분석할 수 있는 치열한 정신의, 문학의
힘을 만나기란 한국 문학에서 쉬운 일이 아니기 때문이다.
많은 예술가들이 병을 앓았지만 이상(李箱)을 빼고는 자신의
질병을 은유화하여 인간이라는 존재와 세상을 문학적으로
해석했던 경우란 거의 없었다고 해도 과언이 아니다.

그러나 서양 시인, 작가의 경우 자신이 앓고 있는 질병을
통해서 새롭게 발견한 세계에 대한 이야기를 자신의 언어로
말하는 예를 자주 볼 수 있다. 암과 싸우며 『질병으로서의 문
학』이란 책을 썼던 수잔 손탁과, 암을 앓으면서 암 저널에
'빛의 폭발'이란 제목으로 14년간에 걸친 암과의 투쟁에 대
해 썼던, 투병중에 자신의 전기(傳記)적 다큐멘터리 필름 〈생
존을 위한 연도〉를 만들었던 흑인 여성 전사(戰士) 시인 오

드리 로드를 기억한다. 그녀는 말했다.

"싸우는 것은 옵션option이 아니다. 우리는 패배할 수 있다. 그러나 싸우지 않을 수는 없다."

수잔 손탁은 말한다.

"질병은 시대적 코드와 연관하여 각기 은유적 성격을 가지고 나타나는 것으로 보인다. 결핵은 낭만적 열정의 낭비적 폭발과 연관되어서 전기 자본주의와, 암은 잉여·무통제성·이상 성장과 연관되어 고도 자본주의와 연관시킬 수 있다. 암의 특성은 침략자invader로 그려지고 안으로부터 나를 붕괴시키는 것이며 다른 세포로 갈 영양을 자기의 것으로 만들어서 모든 세포조직을 자기의 것으로 바꾸어버리는 것이다. 그리하여 암은 침략자로 은유되며 안으로부터 나를 와해시키는 것으로, 억압받은 감정의 떠오름으로 은유되기도 한다."

그녀는 우리 시대의 문화 속에서 암이 가장 지배적인 질병의 은유가 되었다고 하면서 결핵을 낭만적 열정의 낭비적 폭발로 본다거나 암을 억압과 금지된 열정에서 생긴 질병이라는 문화적 신화와 결부시킴으로써 환자들을 사회에서 고립시키고 있다고 주장한다. 그러한 사고는 은유적 장벽을 만드는데 그것을 뛰어넘어 질병 그 자체와 맞서는 것이 중요하며 그래야만 인생이라는 귀중한 서사(敍事)의 중요한 이벤트인 질병을 개방적인 자세로 진실하게 경험할 수 있게 된다고 암환자로서의 경험을 가진 그녀는 말한다.

질병에 대한 그런 맥락에서 나는 김영무 시인의 제3시집 『가상현실』을 읽어보고자 한다. 이 시집은 '암으로 은유되는 질병의 텍스트'와 '치유와 원시로서의 울루루, 꿈의 텍스트', 그 두 가지로 구성되어 있다. 암과 그 수술 후에 만나게 된 가상현실을 노래하고 있는 제1부를 '질병의 텍스트'로 보고, 호주의 아름다운 자연과 그 붉은 생명의 땅이 가진 시원의 힘을 꿈꾸는 2부와 3부를 '치유와 원시로서의 꿈의 텍스트, 울루루'로 나누어 읽어보고자 한다. '세계화'라는 일종의 침략자를 맞아 정치·경제·사회적 혼란을 치르고 있는 이 나라의 가상현실 같은 현실을 '굿시'라는 새로운 장르적 실험으로 풍자하고 있는 제4부는 질병의 텍스트와 치유로서의 원시 텍스트가 혼합되어 있는 대화적 텍스트로 보기로 한다.

2. 암의 은유 만들기와 가상현실 읽기

암선고를 받은 순간부터
(암은 언제나 진단이 아니라 선고다)
너의 세상은 환해진다
컴퓨터 화면 위를 떠도는 창문처럼
기억들이 날아다닌다
원시의 잠재의식도 살아나서
뚜벅뚜벅 걸어오고, 저 우주에 있는 너의 미래의
별똥들이 쏟아진다
어둠은 추방되고, 명암도 무늬도 사라진,
두께도 깊이도 무게도 지워진,

노숙과 밥굶기와 편안한 잠과 따뜻한 한끼의
경계가 무너지고, 모든 칸막이가 허물어진
환하디 환한 나라
시간의 뿌리와 공간의 돌쩌귀가
뽑혀나간 너의 현실은 안과 밖 따로 없이
무한복제로 자가증식하는
아, 디지털 테크놀로지 최첨단
암세포들의 세상
지독한 오염환경에서 살아남을 수 있는
미국자리공, 황소개구리, 실지렁이, 거머리가 못 되어
시름시름 힘을 잃고 약자로 전락한 어느 순간부터
경쟁력 없는 자 솎아버리는 구조조정의
덫에 걸린 너의 삶은
순백색 빛의 나라, 가상현실

―「가상현실」 전문

짧고도 아름다운 시다. 이 작은 시에서 암이란 키 워드는
다층적 은유의 망을 형성하면서 우리 시대의 포스트모더니
티의 국면을 복합적으로 표상한다. "암선고를 받은 순간부터
/(암은 언제나 진단이 아니라 선고다)/너의 세상은 환해진
다"에서 보듯 '암'은 진단의 성격을 지닌 것이 아니고 선고
의 성격을 지닌 강제적 침략자이다. 암은 침략적이며 안에서
부터 나를 파괴하는 낯선 공격자이다. 그 선고를 받은 순간
'너의 세상은 갑자기 환해진다'는 것은 역설이다. '눈앞이

캄캄해진다'라는 것이 믿을 수 없는 선고를 받았을 때 반응하는 관습적 표현일 것이기 때문이다.

그러나 다음의 시 행, "컴퓨터 화면 위를 떠도는 창문처럼/기억들이 날아다닌다/원시의 잠재의식도 살아나서/뚜벅뚜벅 걸어오고"와의 맥락에서 읽어본다면 그것이 반드시 역설만도 아니라는 것을 우리는 읽게 된다. 암이라는 질병의 시각을 통해서 보는 세상은 컴퓨터 화면 위에 떠서 날아다니는 윈도처럼 '환한' 가상현실을 향해 무한히 열려진다. 암이 선고된 사실이 개인의 삶에 있어 믿을 수 없는 가상현실인 것과 윈도를 통해서 무한히 열려진 세상을 펄펄 날아다니는 테크놀로지로서의 가상현실을 체험하는 것이 합쳐진다. 여기에서 암은 윈도가 펼치는 가상현실과 은유의 망을 형성한다. 안 보이는 세계로 우리를 접속시켜주는 그 윈도는 또하나의 가상현실인 '기억'의 세계를 향해 열려진다. 그러므로 윗행에서 "컴퓨터 화면 위를 떠도는 창문"으로서의 윈도는 우리의 억압된 기억의 '윈도'라는 이중의미를 지닌 것으로 드러난다. 그 기억의 윈도를 통해 그 동안 의식의 검열 아래 억압되어 있었던 "원시의 잠재의식도 살아나서/뚜벅뚜벅 걸어오"게 된다. 수잔 손탁이 위에 이야기하고 있는 것처럼 '암'은 억압된 감정들의 보복으로서의 귀환이라는 은유를 가지고 있는데 이제 암선고 이후에 펼쳐진 또하나의 심리적 가상현실 속에서는 더이상 무의식이나 잠재의식들이 억압되어 있지 않고 "뚜벅뚜벅"이라는 당당한 발걸음의 기표로서 삶에 귀환하는 것을 볼 수 있다.

그러나 암은 "저 우주에 있는 너의 미래의/별똥들이 쏟아
진다"에서 보듯이 우리의 시간과 공간을 장악하고 어둠조차
도 점령하며 그리하여 실존의 두께도 깊이도 무게도, "노숙
과 밥굶기와 편안한 잠과 따뜻한 한끼의 경계"도 무너뜨리고
"모든 칸막이"를 무너뜨림으로써 삶을 경계선이 없는 "환하
디 환한" 비현실적 공간으로 화(化)하게 한다.

이제 암은 "시간의 뿌리와 공간의 돌쩌귀가/뽑혀나간 너
의 현실은 안과 밖 따로 없이/무한복제로 자가증식하는/아,
디지털 테크놀로지 최첨단/암세포들의 세상"에서 볼 수 있
듯 현실/비현실의 '/'의 빗금-경계를 지워버리며 암 본래
의 속성처럼 무한복제를 해나간다. 그것은 또한 무한복제가
가능한 "디지털 테크놀로지 최첨단"의 세상이 가지는 가상현
실의 성격과 유사한 은유의 망을 이룬다.

"디지털 테크놀로지 최첨단"의 가상현실의 세계는 생태계
가 "미국자리공, 황소개구리, 실지렁이, 거머리"와 같이 지독
한 오염 환경에서도 살아남을 수 있는 강자들의 자가증식에
의해 파괴되어가는 것과 은유의 망을 만든다. 결국 내 안에
침투한 암세포는 우리의 생태계에 침투한 미국자리공과 같
은 것이 되며 '미국'자리공에서 동기 부여가 된 제국주의적
속성은 "시름시름 힘을 잃고 약자로 전락한 어느 순간부터/
경쟁력 없는 자 솎아버리는 구조조정의/덫이 걸린 너의 삶
은/순백색 빛의 나라, 가상현실"이란 시행에서 볼 수 있듯이
패권을 가진 제국주의적 강자들이 지배해가는 신자유주의적
현실 속에 추방당하는 원주민 약자들의 믿을 수 없는 실패의

가상현실을 일으키는 힘과 은유적 관계를 맺고 있다.

위의 시에서 보듯 시적 화자 '내'가 앓고 있는 암은 개인의 질병이 아니다. 디지털 테크놀로지라는 신제국주의적 문명의 힘과 생태계를 파괴하는 귀화식물-구조조정이란 이름으로 약자들을 와해시키는 신자유주의와 은유를 형성하면서 질병으로서의 은유를 내적, 외적으로 성공적으로 결합시킨다. 김영무의 텍스트가 자신의 육체를 침략한 개인적 질병을 약소국들을 무한침략하고 있는 첨단 디지털 테크놀로지와 신자유주의 경제의 무한증식의 질병으로 성공적으로 은유화시키고 있는 것을 시 「가상현실」은 보여준다. 이것이 그의 질병 텍스트를 사회적 은유로 읽어야 할 근거가 된다.

그러므로 「오늘의 예언자는」에서 암환자는 광야에서 외치는 선지자로 은유되고 있다.

오늘날의 예언자는 누구인가

물이 썩었다고
쌀에 독이 들었다고 짜장면에도 라면에도 국화빵에도
(……)
살충제 농약 배기가스 제초제로
우리들의 살림터 속고갱이까지 썩었다고
전자파가 어린 뇌세포 서서히 죽이고 있다고

광야에서 외치는 오늘의 선지자는

유방암, 폐암, 대장암, 혈액암, 간암 선고받은
모든 암환자들이다
일급수 아니면 살지 못하는
산천어 열목어 같은 암환자들이야말로
오늘의 이사야, 예레미아이다.

—「오늘의 예언자는」 중에서

시인의 앓는 육체는 개인의 차원을 넘어 우리들의 오염된 물로 쌀로 강으로 논으로 순결해야 할 어린아이들의 뇌세포로 그 질병의 영토를 확장해간다. 문명의 기호들은 나의 생태계를 침략하는 암처럼 침략자, 파괴자의 기호로써 우리의 생태계를 파괴, 점령해나가고 있으며 하루하루 그 점령을 확장해나가고 있다. 암환자는 그 옛날 광야에서 종말과 새시대의 도래를 외쳤던 이사야, 예레미아로 은유되며 그 은유를 통해 우리는 현 문명의 파멸의 기호들이 우리의 일상 아주 가까이 있으며 파멸의 문명을 바꾸어줄 새로운 패러다임이 오지 않는다면 인류에게 남은 것은 죽음뿐임을 읽을 수 있다. 시애틀 추장의 말처럼 "우리는 땅의 한 부분이고 땅은 우리의 한 부분이다. 향기로운 꽃은 우리의 자매이고 사슴, 말, 큰 독수리, 이들은 모두 우리의 형제들이다. 풀의 수액, 조랑말과 인간의 체온 모두가 한가족이다. 개울과 강에 흐르는 이 반짝이는 물은 그저 물이 아니라 우리 조상들의 피다. 물결의 속삭임은 아버지의 아버지가 내는 속삭임이고 모든 부분이 거룩하"기 때문이다. 그러기에 선지자로서의 암환자들

은 현 문명의 궁극적인 파멸과 새로운 것의 도래를 외치고
있다.

성모의 노래의 형식을 취하고 있는 「마니피카트 1」은 아주
놀라운 시다. 암선고를 받은 암환자의 절망과 충격, 두려움을
"처녀의 몸으로 사생아를 낳으라"는 계시를 받은 마리아의
충격과 두려움에 동일시함으로써 질병의 텍스트와 종교의
텍스트는 경이로울 만큼 절묘하게 병렬된다.

"이 절망, 이 캄캄한 억지/받아들이라니/받아들이라니/
암환자의 두려움이 이만할까/죽음의 선고를 받아들이라니
//얼마나 겁났을까/얼마나 겁났을까/처녀의 몸으로 사생아
를 낳으라니"

이렇듯 1연은 성모의 목소리가, 2연은 암환자의 목소리가
서로 화답하고 있다. 성모는 1연에서 가브리엘 천사에게서
수태고지(受胎告知)를 받은 자신의 두려움을 암환자의 두려
움에 견주고 있다. 남자를 알지 못하는 상태에서 회임을 통
고받은 마리아의 입장에서 수태고지는 "이 절망, 이 캄캄한
억지", 엄청난 가상현실로 느껴질 수밖에 없었을 것이다. 당
대 유대의 율법에는 처녀가 임신을 하면 반드시 돌로 쳐죽이
라는 내용이 있었기 때문이다. "두려워하지 말라, 마리아여,
너는 하느님의 은총을 받았다. 이제 아기를 가져 아들을 낳
을 터이니 그 아이는 위대한 분이오 지극히 높으신 하느님의
아들이라 불릴 것이다"라는 가브리엘 천사의 말은 처녀 마리
아에게 죽음의 선고나 같았을 것이다.

2연에서 암환자는 선고를 받고서 성모 마리아가 수태고지

를 받았을 때의 두려움, 충격, 고통을 깨닫게 된다. 두 존재가 다 믿을 수 없는 가상현실에 처해 있다. 서로의 고통을 깊게 느끼는 공감compassion 속에 환자와 성모의 아름다운 슬픔의 화답, 조화, 아름다운 이해가 생겨난다. 서로는 서로의 믿을 수 없는 고통을, 불확실하고 무섭고 아픈 것을 잉태하고 있는 고통과 두려움을, 알고 이해하며 위로할 수 있다. 아버지 없는 사생아를 잉태한 것과 암환자가 암을 잉태한 것은 공포와 죽음의 기호, 불확실함과 위협의 기호를 잉태하고 있다는 점에서 같기 때문이다. 사생아와 암은 은유를 통해 동일한 의미로 묶이게 된다.

그리하여 「마니피카트 2」에서는 "사생아든 영생이든 갓난 죽음이든／그대로 내게 이루어지소서"라고 사생아-영생-갓난 죽음은 은유의 망을 이루고 있고 그러한 죽음과 잉태의 혼합 이미지는 「난처한 늦둥이」에서 나타나고 있다.

새벽 아득한 잠결에 누군가 얼굴을 더듬는다
아내의 손길이 턱수염을 만지작거리고
눈썹을 문질러보고 오른쪽 눈두덩 아래
검버섯도 쓸어본다
나는 눈을 꼭 감고 숨을 죽인다
아내의 손길이 더듬는 것
스물다섯 해 우리들이 함께한
이 세상 소풍 이야기일까
검버섯 뒤에 피어나는

심연의 적막일까
잠자는 척 눈감고 있다가
실눈을 뜨고 보니
아내의 눈도 감겨 있다
아내의 손길이 더듬어 달래고 있는 것
싸늘한 형광불빛 아래
내가 여덟 시간 동안
발가벗겨져 뉘어졌던 사건 이래
어이없게도 우리들 이불 속으로
파고 들어와 새근새근 잠들어 있는
갓난 죽음, 아내는 이 늦둥이가
깨어나 칭얼댈까 겁이 나는 것일 게다
아내여, 마음 졸이지 마오
안 나오는 젖이나마 물려주고
둥기둥기 업어주다 보면
혹시 누가 아오, 그 녀석 순둥이로 자라 효도할지
—「난처한 늦둥이」 전문

죽음의 싹은 성모 마리아의 뱃속에 잉태된 사생아처럼 세
상에서 가장 귀엽고 소중하고 가장 덧없는 따스한 갓난아이
로 비유된다. 여덟 시간에 걸쳐 진행된 수술을 받은 후 이제
부부의 이불 속으로 들어와 새근새근 잠들어 있는 갓난쟁이
와도 같은 죽음의 새싹. 그러므로 아내의 손길이 조심스레
만지고 있는 것은 나의 육신이 아니라 나의 암이 낳아놓은

죽음의 싹이며 아니 이미 내 몸으로부터 태어나서 부부의 이불 한가운데로 '출산되어' 누워 있는 갓난 사생아이다. 죽음은 이미 그것을 출산해놓은 시적 화자의 소산만이 아니고 그동안 사랑으로 삶을 같이 해온 부부 사이의 소산이다. 그 죽음의 새싹은 "새근새근 잠들어 있는"이라는 활유를 통해서 보듯 순결하고 고요한, 오히려 평화에 가까운 이미지로 표현된다. 인간은 태어날 때부터 죽음이라는 씨앗을 잉태하고 있는 임신부이며 그러므로 아이를 태내에 가지고 있는 임신부는 두 개의 죽음을 가진 것이다, 라고 말한 것은 릴케였다.

「마니피카트」에서 볼 수 있듯, 인간은 죽음을 낳고 성모는 은총을 낳지만 동일성에 기초한 은유의 구조를 통해 갓난 죽음이 사생아이자 영생이라는 것을 우리는 알게 되고 그것이 어쩌면 동의이음어(同義異音語)라는 것도 얼핏 느끼게 된다.

3. 원시와 꿈의 텍스트, 울루루

2부에서는 질병의 텍스트인 문명을 벗어나 시인은 역사와 문명이 아직 침투하지 않은 시간과 공간을 꿈꾼다. 「감사 예절」에서 "호주 토인들은/도대체 감사할 줄 모른다/비스킷, 초콜릿 몇 개 주고/코카콜라 몇 깡통 주고/고맙다는 인사/아예 기대도 말 일이다//(……)//인간에게 감사하는 예절 아예 없으니/배은망덕도 없는,/무지개뱀의 검은 후손들/아, 황홀한 야만-//하늘 아래 새로운 것 아무것도 없는데/땅

위에 새롭지 않은 것 하나도 없는데/특허권, 저작권, 온갖 기득권/신성불가침으로 떠받드는/아, 징그러운!/선진문명의 예의바른 율법"이라고 징그러운 서구문명이 가진 광적인 합리성과 값싼 예절을 비판하고 호주 토인들이 가진 "황홀한 야만"을 아직 문명이 침투하기 이전의 유토피아적 자연으로 본다. 자연의 시원(始原)이 그대로 지켜져 있는 호주 토인들의 마음에서 "황홀한 야만"을 보는 시인의 눈은 서구문명의 합리성과 근대적 제도(특허권, 저작권, 그 흔한 Thank you)라는 것이 얼마나 인간의 생태계인 마음을 병들게 하는 광기인가를 인식하고 있다. 마음의 자연, 황홀한 야만의 상태를 꿈꾸는 에코 아나키스트들이야말로 근대문명의 치유를 생태론과 정신분석학의 두 측면에서 꿈꾸는 사람들이라고 하는데 시인의 꿈 한가운데서 '울루루'는 하나의 꿈과 치유의 상징으로 높이 솟구친다.

나는 아직 울루루에 가지 않았다
그 둥근 잔등 꼭대기에 올라가
양지쪽 건너편 카타주타 봉우리
바라보지 않았다
꿈속에서 아메리칸 인디언 소년들 더불어
들소떼 뒤쫓던 젊은 시절 그대로,
여기 퍼스의 응접실에서 꿈꿀 뿐이다
거대한 조약돌 하나 피에 젖은 모습으로
땅속에서 불쑥 솟아오르듯

꿈틀대며 일어서는 울루루를.
아, 지금 울루루의 음지 쪽
무릎 세운 골짜기 사이
샘물 흘러넘치는 대지의 자궁 근처에서
원주민 하나가
관광객 없던 꿈시간의 울루루를 상상한다

우리는 같은 꿈의 그림을 그리면서
서로를 모른다. 누군가의 피가
땅에서 울부짖는다,
아, 나는 너무 많은 항변을 하지 않았나?
—「울루루(Uluru)를 꿈꾸며」 전문

울루루. 호주 대륙 한복판 사막 가운데 솟구쳐 있는 통바위산. 그것은 "원주민들의 자연 성전"(「울루루 3」)이면서 "로마의 베드로 대성전/중국의 자금성/혹은 아, 너무 아름다워 절하고 싶은/타지마할"(「울루루 3」)처럼 아름다운 곳이다. 그러나 그것은 아름다움의 기호에만 머무르지 않고 "피에 젖은 모습으로/땅속에서 불쑥 솟아오르듯/꿈틀대며 일어서는 울루루"처럼 원시적 힘의 상징이 된다. 그 다음 행 "울루루의 음지 쪽/무릎 세운 골짜기 사이/샘물 흘러넘치는 대지의 자궁"과 연결하여 볼 때 울루루와 골짜기는 양(陽)과 음(陰)의 에로틱한 생명력의 황홀한 원시를 연출한다. 그러나 울루루 역시 근대 이후의 기호인 관광객들로 오염되어 있

다. 관광객이 없는 꿈시간을 꿈꾸는 원주민과 시적 화자는
"우리는 같은 꿈의 그림을 그리면서/서로를 모른다. 누군가
의 피가/땅에서 울부짖는" 것을 듣는다. 울루루의 꿈시간의
그림을 그리는 시인은 바로 샘물 흘러넘치는 대지의 자궁 앞
에 서 있는 그 원주민과 같은 혈족인 것이다.

　「울루루 1」에서 시적 화자는 이제 울루루를 찾아 길을 나
선다.

　"태양 아래 태산처럼 웅크리고 아직도/펄떡펄떡 피흘리는
//세상에서 제일 큰 바윗덩이/사막 한복판 새벽 제단에/가
장 오래된 대륙이/시뻘겋게 꺼내놓은 간덩이/흰머리 독수
리들 아직도 허공에/눈빛 사나운 땡볕 세월//백인들이 이
름 바꿔/에이어즈 바위(Ayers Rock)라 불러온 울루루/높이
348미터에 둘레가 사십 리/사막의 샘물을 지키는 거대한/
무지개 구렁이 워남피(Wonampi)가/네 품속에 숨어서 묻고
있다/지상 곳곳 죽음보다 새하얀/백인들의 범죄, 용서할 수
있겠느냐"

　이렇듯 시인에게 원시와 꿈시간의 상징인 울루루는 "흰머
리 독수리들"의 눈빛의 위협을 받고 있는 현실에 처해 있으
며 하얀 "백인들의 범죄"가 곳곳에 남아 있는 식민주의의 기
호이지만 그러나 아직도 "태양 아래 태산처럼 웅크리고 아직
도 펄떡펄떡" 살아 있는 생명력을 가지고 있다. 시인은 백인
들이 바꿔서 부른 '에이어즈'라는 이름을 결코 따르지 않는
다. 에이어즈는 식민주의자들의 기호이기 때문이다. 그렇게
근대 이전의 이름을 따름으로써 식민주의자들의 근대를 지

워버리며 초역사적, 초문명적 공간에 울루루를 위치시킨다. 땅은 역사를 지우고 원시 그것 자체를 불러온다고 해서 바로 꿈 텍스트가 되는 것은 아니다. "무지개 구렁이"와 같은 원시적, 토속의 전설을 가지고 있을 때에만 그 땅과 '울루루'는 신화를 간직한 꿈 텍스트가 될 수 있는 것이다.

시적 화자는 하얀 백인들의 만행이 도착하기 이전으로, 근대를 넘어서 울루루를 찾아서 가야 한다고 느낀다. "이제 일어나 내 너를 찾으러 가야 하리／호주 대륙 한복판, 아득한 지평선 너머 우뚝 솟아／3억 년 동안 펄떡펄떡 살아 있는 울루루／피흘리는 간덩이" (「울루루 1」)

그렇게 울루루는 역사를 넘어서 있을 때 '펄떡펄떡 살아 있는 꿈'이 될 수 있다.

"이집트에 피라미드가 있다면／호주에는 울루루가 있다／피라미드가 역사라면／울루루는 꿈이다／기하학에 기댄 역사의 영원은 매일이 사막이고／자연의 사막은 매일 꿈을 꾼다／물안개 뿜어 무지개 만들며／헤엄쳐 이동하는 고래떼를"(「울루루 5」)에서 보듯 울루루는 피라미드처럼 역사의 시간 속에 있는 것이 아니고 '꿈' 그 자체이다. 역사는 꿈을 앗아가 버리는 암적 패권, 하얀 사람들의 범죄이기에 울루루는 역사의 바깥에 있을 때 힘을 가질 수 있다. 서양 근대 이성의 담지자 노릇을 하는 기하학에 기댄 시간의 영원은 불모의 사막 시간일 뿐이지만 그러나 울루루의 사막은 매일 무지개가 솟는 꿈의 시간이다. 그것은 무지개 구렁이 워남피가 샘물을 지키며 살아 있기 때문이다. 땅과 전설이 합쳐질 때만 그것은 살아 있는 꿈의 텍스트가 될 수 있다.

4. 자연과 인간—단원(檀園)풍으로 읽기

3부의 「채마밭」에서는 너그러운 자연의 에로틱한 힘과 꿈
을 읽을 수 있다.

    총각냄새 물씬 풍기는 무밭 곁에
    웃음소리 소란스런 배추밭
    아낙들 머리에 쓴 흰 수건처럼 환한
    달빛웃음 밤새워 참느라고
    배추고갱이 노랗게 속이 밸 때
    무들은 흙 속에서
    수음하며 몸집을 불린다
    신병훈련소 같은 무밭
    신참이등병 일개 소대 출소준비 끝

                              —「채마밭」전문

    배추와 무가 나란히 자라나고 있는 채마밭에 대해 이렇게
재미있게 시를 쓸 수가 있을까. 무 배추가 자라나는 채마밭
의 풍경을 배추와 무의 섹슈얼리티와 달빛과 배추 속의 황금
빛 조응으로 읽어내는 시인의 눈은 생명에 대한 눈부신 경이
로 가득차 있다. 「봄처녀」 「바람 부는 날」 「젊어지는 날」에서

도 자연의 건강한 힘과 유쾌한 즐거움이 가득하다. 자연의
건강하고 천진난만한 장면들을 바라볼 때 시인은 가장 즐겁
고 사랑으로 넘친다. "머리칼 멋지게 휘날리며／바람과 이마
받이하던 갈매기 한 마리가／과자 부스러기 찍어먹으려 잠깐
／바람을 등지는 순간／／겉털 속털 날개깃털 훌러덩／뒤집혀／
똥구멍 밑구멍까지 죄다／드러나는 것이었다"(「바람 부는
날」)에서 우리는 갈매기의 위선에 대한 풍자와 소탐으로 인
해 그것이 모조리 전복되는 쓰디쓴 웃음을 느낄 수 있다. 「별
보는 마을」에서도 자연과 인간 사이 약간 어긋나는 웃음의
힘을 느낄 수 있다. 울루루의 근대의 비극이 심저에 깔려 있
는 장엄한 2부와는 달리 3부에서는 한국의 자연과 너그러운
한국적 해학이 짐짓 들어 있어 단원 김홍도의 건강한 화풍을
언뜻 느낄 수 있다. 그러나 단원풍의 너그럽고 건강한 힘은
싱싱한 자연과 소박한 사람들을 대상으로 할 때 나타날 뿐만
아니라 시인이 모든 병의 근원으로 비판하고 있는 「역사와
시인」에서도 나타난다.

역사는 음험한 포주
우리들 하나하나를
화냥년으로 팔아넘긴다

시인은 우물가에서 화냥년 만나
물 한 바가지 청해
그녀의 끝끝내 숫처녀 시절

남실남실
넘치는 샘물

시원스레 쭉 들이켜는 사람이다
—「역사와 시인」 전문

역사, 특히 식민지 시대와 외국 군대의 군정(軍政)과 개발 독재를 경험했던 나라의 백성에게 역사란 무슨 의미를 가지겠는가. 시인에게 역사는 포주와도 같다. 백성 하나하나를 화냥년으로 팔아넘겨 자신의 사창가를 유지해가는 포주가 바로 역사이다. 그렇다면 그런 역사 속을 살아온 나라의 시인은 누구인가. 시인은 그런 화냥년을 우물가에서 만나 그녀의 숫처녀 시절의 샘물을 찾아내는 그런 사람이다.

화냥년으로 살아가는 역사인(歷史人)에게서 숫처녀가 건네주는 "남실남실/넘치는 샘물"을 찾아내는 시인의 시선은 "남실남실/넘치는 샘물"로 울루루와 같은 시원(始原)의 방향을 암시한다. 원시와 꿈의 텍스트로서의 울루루(에이어즈 바위가 아닌)와 자연은 근대 역사와 문명의 모든 질병들 속에서도 그것들을 치유할 수 있는 넉넉한 힘을 가지고 있다. 아니 시인이 그것을 꿈꾸고 있다고 함이 옳으리라.

5. 세계화에 대한 저항 담론으로서의 굿시

4부 「세계화 블루스」에서 시인은 우리 사회라는 육체에 들어온 침략자로서의 암이라고 할 수 있는 세계화, 혹은 신자유주의 체제에 대한 비판과 풍자를 판소리 사설조로 써내려간다. 이른바 글로벌리제이션이라는 것이 일으키는 이상스런 행태들이 곳곳에 사실적으로 묘사되고 그에 시달림받는 민중의 현실들이 낱낱이 지적되면서 그 부조리함이 희화적인 목소리로 분석적으로 드러나기 때문에 현실적인 세계화라는 것이 하나의 '이상한 가상현실'처럼 전복되어 드러난다. 그리하여 세계화라는 것이 허구인지 진짜인지 헛것들의 망령인지 지엄한 국제질서인지 구별할 수 없게 되어버린다. 절대적으로 세계화를 숭배하고 있는 세력들을 웃음으로써 상대화시켜버리고 세계화의 이면을 낱낱이 들추어낸다. 판소리 사설이나 무가나 탈춤 대사가 그러하듯이 반복과 열거, 과장법과 비어, 해학이 어우러져 힘찬 역동성과 현장성을 자아낸다.

세계화가 유발시키는 여러 가지 사회 현상들—WTO 무역체제, 자유 시장 경제, 자본가들의 행태, 강대국들의 제국주의적 행태, 영어 숭배주의, 레스트럭처링, 경쟁력의 허구, 유전자 조작, 복제 동물 탄생, 세계 표준화, 환경오염, 경쟁력과 생산력을 높인다고 대학에서 시행되고 있는 여러 가지 웃지 못할 정책들—을 강도 높게 비판하고 있는데 풍자와 해학이 절묘하게 겹쳐져서 세계화에 대한 쓰디쓴 풍자와 민중에 대한 사랑과 긍정이 한 판의 굿으로 신명나게 펼쳐진다. 질병으로서의 텍스트와 치유로서의 텍스트가 합쳐진 대화적, 혼합 텍스트로 앞에서 명명한 바 있는데 굿이라는 형식이 악귀를 물리치고 건강한 몸과 정신을 되찾기 위한 치유를 목표로 하고 있는 것을 생각할 때 굿시 「세계화 블루스」는 한 판의 신명나는 풍자의 언어적 굿을 통해 세계화에 위축된 민중들의 건강한 생명력을 풍요롭게 치유하여 집단적 신명성을 불어오기 위한 혼합 장르의 실험으로 보인다.

김영무의 세번째 시집 『가상현실』은 몇 겹의 '가상현실'의 코드를 가지고 있는 다층적 텍스트이다. 암의 은유도 사회현실의 코드, 역사의 코드, 종교의 코드, 제국주의적 코드 등 여러 맥락에서 해석할 수 있는 다의성을 가지고 있다. 자신의 질병을 이만큼 은유화시켜 역사, 사회, 문화적 맥락으로 확산시켜 다의성을 획득하기란 쉽지 않은 일이다. 시인의 개인적 질병의 텍스트가 사회, 역사, 정치, 문화적 질병의 텍스트로 확산되어 몇 겹의 은유로 해석될 수 있는 점이 이 시집의 탁월한 아름다움이라 하겠다.

김영무 선생님의 아름다운 쾌유를 빈다.

문학동네 시집 53

가상현실

ⓒ 김영무 2001

| 1판 1쇄 | 2001년 4월 27일 |
| 1판 2쇄 | 2002년 1월 9일 |

지 은 이	김영무
책임편집	김현정 김미영
펴 낸 이	강병선
펴 낸 곳	(주)문학동네
출판등록	1993년 10월 22일 제22-188호

주　　소	136-034 서울시 성북구 동소문동 4가 260번지 동소문빌딩 6층
전자우편	editor@munhak.com
	하이텔 : podo1
	천리안 : greenpen
전화번호	927-6790~5, 927-6751~2
팩　　스	927-6753

ISBN 89-8281-385-3 02810

* 잘못된 책은 바꿔드립니다.

www.munhak.com